余命僅かの悪役令息に転生したけど、攻略対象者達が何やら離してくれない

「フェリ、フェリは幸福そのものだ。フェリは俺達の幸福なんだ」
「にいさま、だいすき」
「運命なんざ、女神諸共ぶっ潰してやる」
ディラン・エーデルス
無表情で何を考えているか分からないフェリアルの兄。ただ、内に秘めているフェリアルへの愛情は熱く重たい。フェリアルを「フェリ」と呼ぶ。
フェリアル・エーデルス
転生したら、ゲーム内で誰にも愛されない『悪役令息』だった。しかし、どういうわけか兄様たちに溺愛されて――？
ガイゼル・エーデルス
口が悪く、攻撃的なフェリアルの兄。しかし、フェリアルには不器用に愛情を伝えようとする。
Characters

サミュエル・
ロタール
兄二人に剣術を指南する、
騎士団の副団長。
飄々としていて、不器用な
兄弟たちを温かく
見守る。
シモン・
ロタール
フェリアルの専属侍従。
笑い方が独特。
ミア
ゲーム内で重要な
役目を果たす白猫。
しかしとある秘密が
あるようで――？

目　次

余命僅かの悪役令息に転生したけど、攻略対象者達が何やら離してくれない

プロローグ

「……」

自室から出て階段を降り、そっと玄関へ向かう。

楽しそうな声が漏れるリビングを何気なく覗くと、そこには家庭の理想そのものを描いたような光景が広がっていた。

休日だから家族全員が揃っているらしい。いつもは忙しいからと遅くに帰ってくる両親も、弟を溺愛する兄達も、そしてその中心である末っ子の優馬《ゆうま》も。僕以外の全員がその理想の中に居た。

両親は穏やかな表情で優馬にプレゼントを渡している。兄二人も、優馬に優しい笑顔を向けて花束やらぬいぐるみやらを贈っていて……そうか、今日は優馬の誕生日だから珍しく皆家にいるんだ。

「……僕も……誕生日なのに……」

自分にしか聞こえないくらい小さな声は、当然扉越しの彼らには届かない。それもいつものことだから、何も言わずに玄関へ向かう足を速めた。

外へ出るとすぐにスマホを取り出して、イヤホンを片耳につける。流れてくるのは常に一曲だけだ。ループ再生にしているからそれ以外は流れない。

「飽きないなぁ……」

ボソッと呟く。

その歌は僕が人生をかけてハマったと言っても過言ではない、大好きなゲーム――『聖者《せいじゃ》の薔薇《ばら》園《その》』のテーマソングだ。

紹介PVにも必ずこの歌が使われていて、ゲーム起動時にも流れるためオープニングは絶対に飛ばせない。

そして今日は、待ちに待ったこのゲームの続編を買いに行くのだ。

高校に入りバイトを始めて数ヶ月。自分への誕生日プレゼントという意味でも、どうしても今日買いに行きたかった。

自分で誕生日プレゼントを買うのは少し虚しいけど、どうせ僕にプレゼントを贈ってくれる人なんて居ないから仕方ない。現に今日家族は僕を除いて、僕の双子の弟である優馬の誕生日しか祝っていなかった。

「……いいなぁ……」

優馬はいいな……僕には厳しい両親にも、僕には冷たい兄達にも、友達にも先生にも親戚にも、誰からも愛されて。

なんて……こんなだから僕は誰にも愛されないんだろう。

容姿も優馬みたいに愛らしくないし、生まれつき体力がないせいで運動もからっきしだし……。

勉強だけは努力で何とかなるからって、学年首位の成績を取っているけれど、それでも家族は僕に視線ひとつ向けてくれなかった。

結局、努力なんて何の役にも立たない。優馬は愛されて、僕は愛されない。そういう運命なのだ、運命には……勝てっこない。

そう、それはまるで、大好きなこのゲームの登場人物達みたいに。

「……」

スマホの画面を開く。映し出されるのは、優馬みたいに可愛らしい容姿をした主人公と、そんな主人公を守るように囲む美形の攻略対象者達。

そして動画の中にほんの数秒険しい表情で映りこむ、僕に似て誰にも愛されない悪役。

全て結末まで決められたストーリー、決められた運命、決められた愛情。それが僕には恐ろしくて、悲しくて、そしてどこまでも羨ましかった。

このゲームの中でだけ、僕は優馬になれた。皆に愛される運命を持つ主人公になれた。だから僕にとってこのゲームは理想の人生そのもので、救いそのものだった。

誰かに嫌になるくらい愛されて愛し尽くされて、しかもその愛情は決まったものだから裏切られることもない。幸せな人生が実現できずとも体験できるから。

「……続編、早く買いに行こう」

柄にもなく浮かれながら道中を急ぐ。ゲームのことを考えたら、早く始めたくてそわそわしてきた。

続編は舞台が隣国に変わり攻略対象者も一新されるから、前作のストーリーを全てクリアした僕にとっては楽しみでたまらなかったのだ。

けれど、全ＥＮＤを解放してからひとつ、気になることもある。

「次の悪役も……最後は結局死んじゃうのかなぁ」

次、と断言できるのは、前作の悪役がどのルートへ進んでも死亡しているからだ。死んでいるのだから、当然続編には登場しないはず。

他の登場人物全員が幸せになるＥＮＤを迎えたとしても、悪役だけは必ず死んだ。それなら、続編の悪役もきっと結局は死んでしまうに違いない。

このゲームのプレイヤー達が集う掲示板では、この徹底した結末に賛成する声が多かった。

こういうゲームでは、悪役が要らない存在というのが共通認識なのだろう。愛される主人公と、主人公を愛する攻略対象者達だけでいい。そういうものなのだ。

分かっていても……それでもどうしても、悪役の結末に胸が痛んだ。それはたぶん、というより確実に、自分を悪役に重ねてしまっているからだ。

どの世界でも同じ。愛される人は幸せになって、その権利があって。愛されない奴には不幸になる権利しか与えられない。ゲームの中では悪役フェリアルで、現実世界では僕。そういう運命なのだ。

分かっていても、それでも僕は……

「次は……幸せになれるといいね」

信号待ちの交差点。立ち止まって画面を見下ろし、ちょうど映っていた悪役に呟きを落とす。

それから歌の音量を最大まで上げた。大好きなこの歌を聞いて気持ちを切り替えて、早く続編を買いに行こうって、そう思って。

そう思っていたけど。

「——!!」

「……？」

その時、辺りが何やら騒がしくなる。

顔を上げると周囲にはいつの間にか誰もいなくなっていて、少し離れたところで人々が何かを叫んでいる。それも……ひとり交差点の前に立ち尽くしている僕に向かって。

慌ててイヤホンを外した瞬間、耳をつんざくような激しいブレーキ音が鼓膜を襲った。

「——え……？」

車道を逸れて歩道に侵入してくる大きなトラック。

避ける暇なんてなくて、そもそも避けようと思う隙すら与えられなくて。次に僕を襲ったのは、ドンッという鈍い音と遠くから聞こえる沢山の悲鳴。

そして、身体が真っ二つに切り裂かれたのかと錯覚する程の、酷い痛み。身体が有り得ない動きをして、視界が宙を舞う。

全てがスローモーションに見えて。意識が飛ぶ直前に見えたのはスマホの画面と、そこに映った自嘲気味な笑みを浮かべる悪役の表情だけだった。

攻略対象ｆｉｌｅ１　公爵家の双子

第一章　公爵家の双子

遠くで声がする。

優しくて、慈愛に満ちていて、柔らかい声。それもひとつじゃなくて、数人の。人生で一度も向けられたことのない声だ。

目を開けようとしたけれど、うまく開かない。

一瞬、もしかして家族の声だろうかと期待した。

僕は……確かさっき事故にあって、トラックに轢かれて……死んだと思ったけど、もしかしたら生きていて、病院に搬送されて、僕を心配した家族が来てくれたんじゃないか。

一度はそう思ったけど、我に返ってそんな期待はすぐに捨てた。そんなわけないってことは僕が一番分かっている。

家族は冷たくて、僕に愛情なんて欠片《かけら》も抱いていなくて、そもそも僕のことを家族だとすら思っていない。心配してくれるなんてありえない。

だから、きっと僕は死んだんだろうと思った。こんなに幸せな夢は見たことはないから、きっと死んで、ようやく幸せな夢を見ることを許されたんだろうって。

だったら、もしそうだったら……それでもいい。

むしろ、その方がいい、そうであってほしいと願った。

死への安堵にほっと息を吐いた時、真っ暗な世界に光が差し込んだ。

＊＊＊

「――……おい、こいつずっと黙ったままだぜ」

「――……黙って見ていろ、今声を上げるはずだ」

困惑が滲んだ声と不愛想な冷たい声が耳に届く。どちらも幼さがあって、すぐに子供の声だと分かった。

そしてそのふたつの他にもう二人、大人の声も後から続く。こっちも最初に聞こえた声と同様、どこか焦りと困惑を含んでいた。

「どうしたのかしら……産声《うぶごえ》も上げないなんて」

大人の一人は女性か、と思いながら重い瞼を開く。さっきからなぜか目を開けるだけで四苦八苦していたが、ようやく力が入ってきた。

目を開けて、視界がようやく広がって。そうして初めて目に入った光景に、僕はぽかんと固まった。なぜなら僕は今、不安げな声を発した見知らぬ女性に抱かれていたから。

それに、なぜか彼女の揺れる目の中で、僕は赤ん坊の姿をしていた。

「……？」

フリーズしたままじっと見上げる。

女性はブロンドの髪に群青の瞳をしたとんでもない美人さんだった。そしてその女性はなぜか心配そうに眉を下げて僕を見下ろしている。隣に立っている、これまたブロンドの髪のとんでもない美形の男性も同様だ。

夫婦……なんだろうか。二人は寄り添うように並んで座っていて、ずっと僕を見つめて何やら話し込んでいる。

これは一体どういう状況なのかと混乱していると、横から例の幼い声が二人分聞こえてきた。

「やっぱ黙ったままじゃねぇか！」

「……大声を出すな。驚いてしまうだろう」

片方は落ち着きがなくて、もう片方は落ち着きがありすぎる声だ。年齢は同じくらいだろうに、全然違う二人なんだなと少し驚いた。

彼らは誰なんだろう。

疑問が頭に浮かぶばかりでまったく状況が掴めない。

幼い声の主達が気になって、ひとまず二人の姿を確認しようと視線を移す。すると案の定美形の少年達が見えてまたもや固まってしまった。

二人ともよく似ているけど、瞳だけは群青とカーマインという真逆の色をそれぞれ持っていた。

「うおっ！　こいつ俺のこと見てるぞ!!」

「……お前ではない。俺を見ている」

「どう見ても俺だろうが！」

「……俺」

「俺!!」

そのやり取りだけでも二人が仲のいい兄弟だということが窺えて、なんだか少し寂しくなった。

彼らは僕の兄達とよく似ていたのだ。知的な一番上の兄と、豪快でやんちゃな二番目の兄。最後まで僕を愛してくれなかった、冷たい兄達に。

けれどひとつ違和感があったのは、そんな兄達によく似た彼らが愛おしげな視線を僕に向けているように見えたこと。兄達なら優馬にしか向けなかったであろう優しい瞳だ。

そんな視線を向けられたのは初めてだから、嬉しくて胸が高鳴った。状況はよく分からないけれど、今の僕には、優しい瞳が僕を映していることが全てだった。

どうしよう、声を掛けてもいいんだろうか。話しかけても、蔑んだ目を向けられることはないんだろうか……？

そわそわと瞬きを繰り返していると、ふいに僕を抱き上げていた女性とその隣に座る男性が重々しく声を上げた。

「本当に声を上げないな……それどころか何の反応もしない」

「まさかっ……何か病気でも……！」

蒼白な顔の女性を、隣の男性がそっと抱き寄せながら「落ち着けクロエ、まだ決まったわけじゃない」と宥める。

その様子をじっと見つめていると、ふと横から伸びてきた腕が僕を持ち上げた。

「あっ！　おいディラン！　ズルいぞお前!!」

「大声を出すなと言っている……兄の顔を見れば何か話すかもしれないだろう」

「なら俺に寄越せ！　俺もそいつの兄貴だ!!」

「お前は乱暴だから駄目だ。フェリアルに怪我をさせようものなら殺す」

「あぁ!?　お前こそチビを落としたら殺すぞ!!」

まだ幼いのに物騒な兄弟だな……なんて思った直後、ドクンと心臓が嫌な音を立てた。

彼らが発した名前の中……いや、名前の全てに聞き覚えがあったからだ。特に無表情の少年の方が口にした『フェリアル』という名前。

それは、あのゲームの悪役、フェリアル・エーデルスと同じ名前だ。

「ディラン、ガイゼル。フェリアルの前で汚い言葉を使うな。兄弟喧嘩なら外でやれ」

「申し訳ありません父上。しかし下品な言葉を使っているのはガイゼルだけです」

「お前さっき殺すって言ってたろうが！　記憶力ゴミかよ馬鹿かテメェ！」

ディラン……ガイゼル……そしてフェリアル。

騒がしく口論を繰り広げる彼らを横目に、頭の中では嫌な予感がぐるぐると駆け巡っていた。

『……お前は弟などではない』

『お前みてぇなのが弟とか……俺は絶対認めねぇぞ』

幾度も画面越しに見た、悪役フェリアル……実の弟に向ける彼らの侮蔑の視線。フェリアルが助けてくれと泣いて叫んでも、無慈悲に捨て去る後ろ姿。

主人公のハッピーエンドに喜びながらも、本当はいつも彼の結末だけが心残りだった。複雑な心境に気付きながらも、見ないふりをしていた。

実の弟であるフェリアルを捨て、有り余った愛情の全てを主人公に注ぐ。そういう運命を持って生まれた二人。

それが、『聖者の薔薇園』に登場する攻略対象者。

ディラン・エーデルスとガイゼル・エーデルス。

通称『公爵家の双子』だ。

【愛されたくない】

『聖者の薔薇園』。

それは、大抵高貴な血筋の人間のみが光属性を持って産まれるこの世界で、平民にもかかわらず光魔法……それだけでなく、聖魔力すらも覚醒させた主人公が聖者となり、数々の困難を乗り越えながら攻略対象者と愛を深めるゲームだ。

攻略対象者は六人。皇太子や次期公爵、暗殺者など、全員が癖のあるキャラクターであることから、ゲームとしての人気もかなり高い。

主人公はこの六人の中から好みの対象者を一人選び、悪役の妨害や迫りくる事件などをクリアしながらルートの攻略に挑む。

攻略難易度は各キャラによって大きく異なるが、対象者全員が魅力的なため、公式サイトで行われる人気投票は常に接戦を極めていた。

そしてそんな人気ゲームで、唯一全てのプレイヤーから嫌われ、ゲーム内のキャラクターからも憎悪を向けられる絶対的な悪役として登場する人物。

それこそが今世の僕である、フェリアル・エーデルスだった。

＊＊＊

そんな『聖者の薔薇園』の世界に転生して一年が経ち、僕が選んだのは諦めだった。

二度目の人生で、今度こそ僕を愛してくれる家族のもとに生まれることができたと思っていたけれど、そんな期待はすぐに捨てた。

何せ今向けられている愛情は全て、ゲームが始まる十三年後には全て失われるものだ。この世界の悪役である僕は必ず家族に恨まれる。攻略対象者である兄達にはさらに憎まれ見捨てられる。

それを分かっているのに、わざわざ家族と交流を深める意味はない。いずれ失われる愛情を今だけ享受するなんて、ただ虚しいだけだ。

今いずれは空っぽになってしまう愛情を向けられていることすら辛い。家族が僕に慈愛の目を向ける度に、酷い痛みで胸が張り裂けそうになる。

だから、僕は初めから彼らの愛情を受け入れないことにした。


「……なぁ、チビはいつになったら喋るんだ？」

「……」

「生まれて一年も経ったってのに、まだ声すら聞かせてくれねぇ。笑いもしねーし、まるで人形だぜ」

「おい、ガイゼル」

無反応でベッドに横たわるだけの僕を見下ろしながら、ガイゼルとディランが悩ましげに話している。

この光景を見るのももう何度目だろうか。僕のもとに現れる度こんな会話ばかりする二人は正直邪魔くさい。何も喋らず表情一つ動かさない退屈な弟なんて、早々に見限ってしまえばいいのに。なんて。二人が毎日のように部屋に来ることを内心喜んでいる自分が、一体何を偉そうに思っているんだか。

愛情を受け入れない、期待しないと決めてもう一年が経つというのに、未だに僕はこんなにも弱いままだ。今だって、ガイゼルの発した『人形』という言葉に少しだけ傷付いてしまっている。けれど、その人形という例えは酷く的を射ているから自嘲ものだ。そもそも人形になることを望んだのは自分なのだから。

産声《うぶごえ》すら上げず、その後も笑うどころか無反応を貫き、声一つ発さない。そんな不気味な赤ん坊なら、きっとこの家の人達もすぐに気味悪がって嫌うだろうと思っていたのに。

けれど、見ての通り効果は今一つだ。ガイゼルとディランは毎日のように会いに来るし、両親も貴族なのに使用人に世話を任せることもなく僕の世話を楽しそうにこなしている。

……本当に、いい加減僕のことなんて見捨ててほしい。嫌ってほしい。そうしたら期待なんてしなくて済むし、いつか来る断罪の日に他人同然の彼らを恨むこともしないで済むだろう。

ぼんやりと二人を見つめているとガイゼルが眉をひそめた。

「んだよ、だって何の反応もしないんだぜ？　おかしいだろ」

「少し言葉を覚えるのが遅いだけかもしれないだろう。フェリを傷付けるような発言はやめろ」

フェリ、というのはいつの間にか付けられていた愛称だ。

ディランは、双子の弟であるガイゼルより真面目らしい。常に無表情……というか仏頂面なのは怖いけれど、人は見かけによらないってことか。

対してガイゼルは、ディランの言葉が不満だったようで顔を歪めている。

一年もかかってしまったけれど、こっちはそろそろ限界が来そうだな。僕を見る時も険しい表情をしているし、もしかしたら既に嫌われているかも。

……そうだ。早く嫌えばいい。どうせゲームが始まれば二人とも散々僕を蔑むのだから、今歩み寄ったところで何の意味もない。

僕だって歩み寄る気は微塵もない。攻略対象者であり僕の……悪役の敵であるこの二人相手なら尚更だ。

きらきら光る青い目をじっと見てから、ふいっとそっぽを向くと、ガイゼルが息を呑んだ。

「つな……！　何だその反応……⁉」

「おい、フェリの前で大声を出すな」

「知らねぇよ！　クソッ……くだらねぇ！」

ガイゼルが苛立った様子で「やってられっか！」と声を上げる。

それからすぐに、荒い足音と共に扉が開閉される音が響いた。どうやら僕の態度に怒って出ていったらしい。ようやくか……と肩をすくめて身体を丸めた。

それからふと、ディランは出ていかないのだろうかと思い、わずかに振り返る。

いつも通り感情の読めない赤い瞳と目が合って、数秒じっと見つめ合った。やがて目がふっと細められて、ディランが何故かそっと僕の頬を撫でてきた。

「許してやってくれ。お前に構ってもらえなくて拗ねているんだ」

ガイゼルが拗ねるなんて、嘘をつくにも程がある。

少しむすっとしながら、黙ってその目を見返す。

するとディランは、困り顔で微笑んだ。

「……嘘だと思うか？　まぁ、あいつは分かりにくいからな」

そんな姿に、分かりにくいのはそっちこそ同じだろう、なんて言いたくなるのをそっと呑み込んだ。絶対に声を発さないと決めたのだ。そもそも、赤ん坊の口では単語すら喋れないだろうけど。

寝返りを打つのと同時に、また視線を逸らす。

「フェリ」

その時、また愛称が一文字一文字を確かに噛み締めるように紡がれた。

鼓動が音を立てて、指先がピクッと動く。振り返る衝動だけは寸前で堪えた。

「フェリ、不甲斐ない兄ですまない。お前がどうして心を閉ざすのか、俺達には分からない。病気ではないと医者が言っていたから、きっとフェリ自身に何かあるんだろう」

「……」

「急かしているわけではない。ただ、これだけは信じてくれ。俺達はお前のことを何があっても、何者からも守ると誓う。だからフェリは安心して……──」

その瞬間、もし僕が言葉を発せたなら、きっと彼を嘲笑しながら嘘吐きだと詰《なじ》っていたことだろう。

僕を害するその何者こそがあんた達だっていうのに。信じろ、なんて薄っぺらい誓いにしか聞こえない。信じられるはずがない。

家族なんて所詮紛い物だ。血の繋がりに意味なんてないし、価値もない。嫌われる奴は、家族も他人も関係なくとことん嫌われるのが真理なのだから。

何も響かない茶番みたいなセリフはいいから、ディランもガイゼルのようにさっさと僕を見限ってほしい。

ぎゅっと手を握って、身体を丸める。

「……フェリ」

背後でディランが小さく溜め息を吐くのが聞こえた。

やっと諦めたか、と肩の力を抜いた瞬間、急にぬっと伸びてきた腕が僕の身体を持ち上げた。突然のことに目を丸くすると、僕を抱きかかえたディランは、満足そうに頬を緩めて歩き出す。

そしてどこに向かうのかと狼狽《うろた》える僕を見下ろすと、やっぱり感情の読めない瞳を細めて言った。

「籠り切りは退屈だろう。たまには動かないとずっと歩けないままだぞ」


ディランに半ば強制的に連れられたのは公爵邸の庭園だった。今の季節に相応しい春の淡い花々が美しく咲くそこには何故か家族全員が集まっていた。

そこにはついさっき苛立たしげに部屋を出ていったガイゼルも居て、僕を見るなり気まずそうに視線を逸らす。目も合わせたくないのだろうと解釈し、僕もそれきりガイゼルを見ることはやめた。

ちょうど散歩をしていたらしい三人が居合わせてしまったことに少しだけ焦燥を抱いたが、すぐに冷静になって俯く。

別に機嫌を窺う必要なんてない、むしろこれで嫌われるなら好都合だ。

「まぁ！　フェリが外に出るなんて珍しい」

ほくほくした表情で近付いてくるのは、僕――フェリアルの母であり公爵夫人のクロエだ。

この人物はゲーム内であまり登場しなかったので特に印象がない。隣に立つエーデルス公爵と同様に、ディランとガイゼルいずれかのルートのみ登場して、ひたすらフェリアルを嫌っていた記憶だけがうっすらある。

その後ろから同じく近付いてくる僕の父――公爵が首を傾げる。

「フェリが外に出たいと言ったのか？」

「……いいえ、俺が無理やり。籠るばかりでは一向に体力がつかないと判断したので」

その問いに、ディランは無表情のまま淡々と答えた。公爵は「そうか」と眉尻を下げて微笑むだけで、あとは何も言わなかった。

意外だな、とディランをそっと見上げる。確かに無理やり連れてこられたのは事実だけれど、ディランがそれを正直に答えるとは思わなかった。常に浮かべている何にも興味のなさそうな表情もあって、僕の意見を蔑ろにしない言い方に違和感すら抱く。

ディランをじっと見つめていると、ふいに正面から小さな笑い声が届いた。

視線を移すと、そこには苦笑する公爵とくすくす笑う夫人が寄り添い立っている。

「フェリとディランは似た者同士ね」

似た者同士。理解できないその言葉に眉を顰《ひそ》めた。

まったく読めないが美しいこの兄と、薄気味悪い人形の僕のどこが似ていると言うのだろう。

夫人はおかしな人だなとそっぽを向くと、「あら……」と残念そうな溜め息の気配がした。

「フェリ。少し歩いてみるか」

「……」

むすっと眉を寄せて黙り込む僕に気が付いたのか、ディランがふとそう言いながら僕を地面に下ろした。答えを待たないなんて質問の意味がない、と思ったがずっと抱かれたままは嫌なので抵抗はしなかった。

「……、……」

……まぁ、とは言っても一日のほとんどを睡眠に費やしている僕がこの一瞬で立てるわけもなく。

「フェリ！」

「おいチビ大丈夫か⁉」

ディランの支えを失った途端、身体がぐらりと傾き、踏ん張る暇もなく倒れてしまった。

それも思い切り頭から、地面にズサリと。

すかさず公爵夫妻とガイゼルから慌てた声が掛かったが、それに何か答えることはせず地面に手をつく。ぐっと力を入れて立ち上がって、ふらふらする身体を支えるために、上も見ずとりあえず目の前の足に抱き着いた。

ちなみにこれは一体誰の足だろうと既に抱き着いた状態で確認する。

見上げて、思わず固まった。

「チ、チビお前……っ‼」

ガイゼルだ。足の主はよりにもよってガイゼルだった。

じっと見上げて数秒。パッと抱き着いていた手を離し、今度はガイゼルの隣に立つ公爵の足にギュッとする。

ガイゼルは僕のことを嫌っているからくっつくのは酷だ。可哀そうだからと離れたのに、何故か横からは「はぁ!?」「何でだよ!!」といった上擦った声が響いた。

とても煩い。

公爵も内心僕のことをどう思っているか分からないけれど、表に出して僕を嫌うガイゼルよりは態度が柔らかいから安全だろう。

とはいえ、ゲーム内の公爵夫妻は割と序盤からフェリアルをよく思っていなかった節があるので、正直今の優しい態度は信用できない。少しでも苛立った様子を見せたら離れよう、と思ったのだが……

「まぁまぁ可愛らしい……！」

「やはりフェリはパパのことが一番好きなのだな」

なんだ、このだらしないデレデレした表情は。

最早何かの罠だと言われても疑わない程の緩い顔だ。前世で両親からこんな顔を向けられたことがないから意図が理解できない。これはどんな感情を表しているのだろう。

困惑する僕を余所に、公爵は僕を抱き上げて頬を緩めた。

「フェリはまだ一歳なのだ、歩けずとも焦る必要はない」

「俺がチビくらいの時は普通に走り回ってたけどな」

公爵のフォローに少しだけ胸を打たれていると、水を差すような声が突然横から割り込んだ。

ピタリと硬直した夫人とディランが見えてハッと俯く。

大方皆、出来損ないの僕に苛立っているのだろう。

一瞬で変わった空気に動揺したのは僕だけではなかった。

発端であるガイゼルが瞳を揺らし、心底理解できないという表情で叫ぶ。

「っな、なんだよ……！　何か悪ぃこと言ったか!?」

「……馬鹿が」

「あ!?」

ディランが何かをボソッと呟くと、ガイゼルは苛立った様子で額に青筋を浮かべた。

「脳も筋肉で出来ているような体力馬鹿のお前とフェリを一緒にするな。お前はともかくフェリは最悪歩けなくても良いだろう、俺が抱えて歩けばいいだけだ」

「ふむ、それもそうだな。無闇に歩き回って怪我をする方がかえって危険というものだ」

当然みたいな顔で一体何を……と呆れながら唯一まともなはずの夫人を見やってさらに肩を落とす。夫人まで「確かにそうねぇ」と緩い感じで納得していた。

本当に理解できない。

まさか、貴族というものは自邸の敷地内でも仮面を被らなければならない身分なんだろうか。

おかしいのだ。フェリアルは誰にも愛されない存在のはずなのに、彼らからは一切の憎悪も嫌悪も感じない。巧妙に隠しているのだとしたら、貴族の仮面というものは心底恐ろしい。

そう思いながら三人に視線を巡らせる。

「……」

「フェリ？」

いや、もしかすると〝まだ〟なのかもしれない。

ゲーム開始時点でフェリアルは十三歳。愛されない運命が明確になるのはゲーム開始か、開始に近付くごとに段々と……ということなのかも。だとすれば、まだ一歳の僕を彼らが家族と認識してくれている今の状況に説明がつく。

……まぁ何はともあれ、この世界がゲームのために創られたものなのは紛れもない事実であるはずだ。そして僕が絶対的な悪役として創られたこともまた、逃れようのない事実だ。

大丈夫、この状況はイレギュラーじゃない。ゲームは確実に始まる。悪役は愛から見捨てられ、その結末は最悪なもの。変わらない。絶対に変わらない運命だ。

僕は未来を知っている。怖いことなんて何もない。未来を知らなかった前世のように、ありもしない幻想や愛情を追い求めたりしない。絶対の運命に想定外は起こらない。

ならば、と公爵の腕の中で小さく抵抗する。

「ん？　あぁ、降りたいのか」

察した公爵が僕を地面に下ろし、何故か嬉しそうに微笑みながら僕の背を支えた。無表情でじっと見つめる僕に気付くと、公爵はきょとんとしてから柔《やわ》く笑った。

「フェリが意思を伝えてくれることが嬉しいんだ。些細なことでも、どんな伝え方でも、フェリが意思を表したという事実がとても嬉しい」

その笑顔に心が冷える。心底愛おしいとでも言うようなその表情は、本当に本物なのか。それが分からない以上、悪役の敵になる公爵には不用意に近付きたくはない。

せめてゲームが始まるその日までは、誰にも邪魔されず穏やかに生活を送りたいのだ。

「なんだチビ、歩く練習か？　ヒョロいんだから無理すんなよ」

「お前、いい加減黙れ」

「なっ……!?　お、俺はただチビが怪我でもしたらって……」

ディランとガイゼルが何やら言い争っているが、公爵の笑顔に気を取られて内容を聞き取れなかった。

どうせいつもの碌でもない口論だろうし、別に知る必要はないけれど。

ふい、と顔を背ける。すると横から声が掛かった。

「フェリ」

振り向くと、ディランがいつの間にか口論をやめてしゃがみこんでいる。

「フェリ、ここまで来れるか。ここまで来れたらフェリは天才だ」

たかだか二メートル程先にしゃがみ込むディランが、やっぱり読めない表情で淡々とそう語る。無視することは出来た。まったく別の方向を向いて、彼らから離れるように歩くことだって出来た。

けれど何故だろうか。そんな選択肢はあっさりと消え去って、僕の足は引き寄せられるようにディランのもとへと向かった。

違う。別に深い意味なんてない。ただ、歩くにはゴールが必要だから。ゴールがなければ、最初の一歩も踏み出せないから。

「おいおい大丈夫なのかよ⁉　足ぷるぷる震えてっ……いや可愛い、可愛すぎだろ……⁉」

「ガイゼル、こういう時はあえて手を貸さず見守るものよ。……それにしてもなんて可愛らしいのかしら」

後ろでヒソヒソと騒ぐ外野を無視してひたすら足を動かす。幼児の短い足では一歩進むのでも大変で、三歩目で既に息切れが始まった。

所謂よちよち歩きと言われるものだ。短い両腕を正面に伸ばして、かくかくと覚束ない足取りで地面を踏み締める。その繰り返しが意外と辛い。

半分くらいまで来ただろうかと前を見上げて、驚愕の光景にぎょっと目を見開いた。

正面でしゃがみ込む無表情のディラン。そんなディランは、何故かツーッと鼻血を滴らせてじぃっと僕を視線で射貫いていた。

鼻血を滴らせても絶世の美形が崩れないなんて、流石メインキャラである攻略対象者だ。それにしてもこの短時間で何があったのだろうか。

「ぐっ……ふ……フェリ、もう少しだ。頑張れ。俺はここだ、ほら、来い」

「ちょっと落ち着けよ。あと汚ぇから鼻血拭け」

ガイゼルの言葉を聞いてディランが雑に鼻血を拭う。

それを見ながら、僕は両腕を広げて徐々に前のめりになるディランに手を伸ばす。最後の一歩を倒れ込むように踏み出すと、即座に背中に力強く腕が回った。

——ぽかぽかと、胸の内を支配するこの感情に気付いてはいけない。

「フェリ……フェリは天才だ。凄い、凄いぞ」

「——……」

息を吞んだのは、たぶん僕だけじゃない。背後から微かに届いた涙を堪えるような気配は、たぶん夫人と公爵のものだ。

そして視界の端に映るガイゼルもまた、これ以上ないほどに目を見開いている。

「凄いな……フェリ」

いつもならば、淡々として、常に感情の読めない無表情。

でもディランの顔に今浮かんでいるのは、いつものそれとはまったく真逆のものだった。

ふにゃりと綻ぶ、眉も目尻も垂れ下がった柔らかい笑み。

「……」

良くない兆候だと分かっていても。

気付けば、冷え切った心は溶け始めていた。


【双子と弟】


「何だチビ。もう疲れたのか？」

時が経つのは早く、転生してからそろそろ二年。

最初の歩行に成功して以降、僕は邸宅の敷地内での散歩ができるまでに成長した。

広い庭園の散策を始めて数十分が経ち、薔薇園《ばらぞの》や温室などを通りすぎて、邸宅から離れた一つの森のようになっている場所まで訪れた。適度に整備されたこの森も公爵家の敷地内だというから驚きだ。

そして今。僕は小川に架かった木製の橋を渡ったところで力尽きていた。

小さく息を切らしながらしゃがみ込むと、背後からガイゼルの呆れた声が届く。同時にディランの足音も静かに近付いてきた。

「……」

「凄いぞフェリ。こんなに歩けるなんてフェリは天才だな」

そう言いながらディランが僕を抱き上げる。

この流れも外に出るようになったこの一年で、最早恒例となっていた。

大分歩けるようにはなったけれど、まだ走ることは難しいし転ぶことも多い。面倒なことに、体力がつきにくいという特性は前世から持ち越してしまったらしい。

歩く練習はここ最近毎日のようにしているし、いつもこんな僕に付き合うのは大変なはず。

それなのに、双子は必ず僕についてくる。ある日、一人でも平気だということを示すために無断で庭園に出た時なんて、邸宅中大騒ぎになってしまったぐらいだ。

あの時の双子の必死の形相が忘れられなくて、それ以来二人がついてくることを受け入れるようにはなったけれど……それにしたってこの双子は何の反応もしない僕に構って一体何が楽しいんだろう。

「フェリ、そろそろ戻るか」

ディランが腕の中を覗き込んで淡々と問う。それにむすっと眉を顰《ひそ》めると、ディランはすぐに理解したらしい。

「ん？　まだ駄目か、分かった」

頷いて、ディランが僕を地面に下ろす。

「……ディランお前……チビの考えてることよく分かるな……」

一連の流れを見ていたガイゼルが何やらボソボソ呟いていたが、それには構わず再び足を進める。

いつもの言い争いが始まりそうな気配を背に、歩きながら空を見上げた。

「フェリは表情豊かだから分かるに決まっている。今だってあんなに楽しそうだろう」

「えー……俺にはずっと無表情にしか見えねぇぞ……」

ふいに視界を横切った影を反射的に目で追う。

ひらひら悠々と僕の周りを舞うのは、鮮やかな色彩の蝶だった。青い翅《はね》に銀色の模様が神秘的に描かれている姿は前世では見たこともない。異世界の生き物なだけあってとても綺麗だ。

何となく人差し指を立てて手を掲げると、その蝶はふわふわと掴みどころのない軌道で指先にとまった。

「……」

本当にとまってくれるとは思わず、驚いて立ち止まる。

じっと鮮やかな翅《はね》を見つめると、蝶はやがて楽しそうに羽ばたいた。ふわりと浮き上がり、くるりと回りながら高く飛んでいく。

それを追うように顔を上げると、その蝶は木漏れ日に照らされるようにして高く遠くへと消え去ってしまった。

「どうしたチビ。アレが欲しいのか？」

ぼーっと蝶を見送っていると、突然視界に大きくガイゼルの顔が現れた。

固まる僕を見下ろすガイゼルは「どうなんだよ？」と首を傾げてから視線を辺りへ移す。それから、視線の先にいた同じ種類の蝶を見やると、悪戯っぽく笑って歩き出した。

初めのうちは何をする気なのだろうと眺めていたが、ガイゼルが起こした行動に目を瞠《みは》った。

「っ……！」

ガイゼルはあろうことか、心地よさそうに舞っていた蝶の翅《はね》を鷲掴んだのだ。

そして捕まえた蝶を僕に向けるとまたしてもニヤリと笑う。どうだと言わんばかりの満足そうな表情を見て蒼白になった。

ガイゼルが何やら自慢げに語っているが、嫌な耳鳴りのせいでその内容はまったく聞こえない。

僕の意識は苦しそうに翅《はね》を痙攣させる蝶に集中していて、それ以外は何も分からなかった。

――あの蝶は関係ない。

僕達と違って、あの蝶に運命なんてものはないはずだ。この世界には関係ないはずだ。

運命に縛られた僕達と違って、あの蝶はどこへだって行けるのに――

「うおっ！　おい、急にどうしたんだよチビ!?」

反射的に飛び出してしまうかもしれないと危惧した声は、予想に反してまったくその素振りを見せなかった。まるで声そのものを失ってしまったかのような感覚に一瞬驚く。

「……っ！　……！」

けれど、そんな驚愕は本当に一瞬だった。

意識は再び蝶に固定されて、僕は走り出した先に立つガイゼルを力の限り叩いた。

叩くといってもその力は弱々しく、子供ながらに騎士の如く鍛えられたガイゼルの身体には痛みすら与えられなかったようだ。それでも、握り締めた拳でガイゼルの足をぽかぽかと叩き、ギリギリ届く服の裾を引っ張ってなんとか腕を下ろさせる。

「な、なんだよ……何か気に入らねぇことでもあったのか……？」

「フェリ、落ち着け。また息が切れるぞ」

後ろからギュッと抱き締められ、ガイゼルから距離を離される。

背中にふと与えられた温もりに荒れていた気持ちが徐々に凪ぐ。浅く呼吸をしながら動きを止め、お腹に回される腕にしがみつくようにして抱き着いた。

「……いい子だ。馬鹿のせいで少し混乱してしまったな……俺がぶん殴っておくから安心しろ」

「はぁ!?　俺はなんもしてねぇだろうが！」

「寝言は寝て言え愚弟。フェリがパニックを起こした原因を己の胸に問うが良い」

背中をディランにぽんぽんと撫でられながら抱き上げられる。

耳鳴りがようやく止んで、今度は頭上で繰り広げられる口論に鼓膜が疲弊する。顔を歪めた僕に気付いたらしいディランがピタリと会話を絶ち、ふとガイゼルに片手を差し出した。

「……んだよ」

「その蝶を寄越せ」

突然の命令にグッと歯を食いしばったガイゼルだったが、僕の視線に気付くと大きく瞳を揺らして固まる。そして、狼狽《うろた》える様子を見せたかと思うと、ガイゼルは何も言い返すことなく命令通りディランに蝶を渡した。

その光景に僅かに目を見開く。他人に指図されることを何よりも嫌うガイゼルがディランの言葉に従った。その事実がとても衝撃的だったのだ。

「フェリ」

「……」

「フェリ。ほら」

俯いていた顔を上げる。

視線の先には、ディランの指先に静かにとまる蝶。その蝶は翅《はね》を大きく揺らして今にも飛び立とうとしていた。

見たところ傷は付いていないようでほっとする。僕が手を伸ばしたと同時に、蝶は手から逃れるように空高く舞い上がっていった。

「――……」

よかった。

自由であるものが、自由でいられてよかった。

蝶が完全に見えなくなるまで視線を逸らさず、ただずっと空を見上げた。

はっきりと姿が見えない程高い場所にいる鳥が鳴いて、その音で我に返る。

ふいにザッ……と足音が聞こえてその方向を向くと、柄にもなく眉尻を垂れ下げたガイゼルが小さな花を持って視線を彷徨《さまよ》わせていた。

九歳にしては大きな身体のガイゼルが花を持つと、何だか奇妙な違和感があって少しおかしい。

思わず目元を緩ませると、ガイゼルはふにゃりと唇を引き結んで言った。

「さっきはその……わ、悪かった……こういうのなら、喜ぶか……？」

そう言って差し出されたそれを受け取る。真っ白で小さなそれは、前世で何度か見たことのある花に似ていた。

ふわふわと風に揺れる白い綿毛。蝶と同じでこの世界には関係なく、運命もない。けれど蝶とは違って、自分以外の手を借りないと自由になれないもの。

微かに息を吸って、できるだけ大きく吐く。

ばらばらに舞い上がった綿毛は、それぞれ小さな種を持って飛んでいった。

日差しに照らされるそれは、まるで蝶の鱗粉のように輝いてとても綺麗だ。

「……」

「……？」

無意識にガイゼルの裾を掴む。振り払われないのは、まだ運命が始まっていない証拠だ。

不思議そうに見下ろしたガイゼルは、僕の顔を見るなり目を見開いて、次の瞬間泣き笑いみたいに表情を崩した。

「あぁ……ディラン、お前の言う通りだな」

ディランが小さく微笑む。

「すげー……楽しそうだ……」

その表情に何も答えられないまま、僕はただ綿毛を目で追った。

第二章　ひとつめの運命

「……」

三歳になったあくる日、僕は、僕と同じプラチナブロンドの毛並みの中からこれまた僕と同じ瑠璃色の瞳がこちらをじぃっと射貫いてくるのを見つめ返した。

もふもふとしたその子は、やがてみゃあと鳴いて踵《きびす》を返し、耳をピクピク動かしながら興味なさげに遠ざかっていってしまった。

「……」

ぱちぱち瞬いて、しゃがみ込んでいた姿勢から立ち上がる。それから僕はその猫の後を追った。

遠くから金属同士が激しく当たる音がする。公爵家の敷地内にある騎士訓練場に、十歳になった双子も行くようになったのだ。

特にガイゼルはゲーム通り剣術に魅入られたようで、昼は毎日のように騎士達の訓練に混ざっている。ディランは剣術に特段興味はないらしく、今日のように剣術の授業がある日以外は剣と触れ合わない。

僕の授業内容に剣術は含まれていない。というか、公爵家の人々の反応を見るに何歳になったとて許可されそうにない。

曰く「フェリが剣術⁉　駄目だ駄目に決まってる‼」とのことだ。何故か全員がこう言っているので、僕はたぶん一生剣に触れることすらできないだろう。

別に剣術に興味はないからいいけれど。

とまぁこういうことで、僕の一人時間が増えたというわけだ。

それに双子は家庭教師から授業を受けるようになったから、去年までのように僕に構うことはできない。つまり今年から、僕は一人で散歩をするようになった。

双子は「危険だから俺達が授業の日は邸内に居ろ」と言っていたが、そんなことを大人しく聞くわけがない。ただでさえそれ以外の時間は誰かしらに捕まっているのだから、少しは一人になる時間が欲しい。

そんなこんなで一人時間を満喫していた僕だが、先日からその優雅な時間に侵入者が現れるようになった。

それがこの猫、ミアだ。

「みゃあ、みゃあ」

静かな空間に紛れる鳴き声。人の声ではないから、特段不快ではない。

ミアはディランの愛猫だが、主人と長く過ごしている僕を同じように飼い主と認識してしまったのだろう。ディランが授業で構ってくれない時は僕で遊ぶようになった。

今も興味なさそうに僕を背にして歩いているが、僕が居なくなると機嫌悪そうに鳴き喚く。僕に興味がないフリをしてるのに厄介な猫だ。

多少面倒だけれど、可愛いので結局許してしまう。

だから今もこうして、僕は猫のお遊びに付き合っている。

「……」

それにしても、なんて。

上機嫌に尻尾を揺らして歩くミアを見ると、胸がぎゅっと締め付けられて苦しくなるのはこの猫の運命を知っているからだろうか。

異様にミアに甘くなってしまうのも、たぶんその罪悪感故だ。

ミアも僕と同じ、この世界の運命に巻き込まれたキャラクターだから。

思い出すのは、前世プレイしたゲームの内容だ。

ディランルートで登場したその猫は、後に彼の忘れられない過去として主人公に語られる。

そしてその事件は、ディランが悪役フェリアルを強く憎悪するきっかけでもあるのだ。

内容は至ってシンプル。

フェリアルがミアを殺すのだ。それも、小屋ごと焼き殺すという残酷な手口で。

フェリアルはミアが憎かった。なぜなら、ミアは大好きな兄の愛情を一身に受けていたからだ。

自分をまったく構ってくれない兄。自分には無表情しか向けてくれない兄。そんな兄が柔らかい笑みを向けるのは当時ミアだけだった。だからフェリアルはミアを殺してしまう。

悪役として極端な倫理観のなさが必要だったのだと思う。

ゲーム内のフェリアルは、とても残酷だった。フェリアルはディランの授業日を狙い、ミアを連れて敷地内にある小さな小屋へ向かう。そしてその中にミアを閉じ込め、放火するのだ。

悲痛な鳴き声を背に歪んだ笑みを向けるあのシーンが、今でも鮮明に浮かぶ。

「――みゃあ?」

足元から聞こえた鳴き声にハッとする。見下ろせばさっきまで悠々と歩いていたミアが、何やら耳をぺたりと垂らして僕を見上げていた。

まるで心配するかのように見える視線に目を細める。そんなわけない。ミアは猫だ。猫が心配だなんて、人間みたいなことをするはずない。

「……」

嫌なことを思い出したせいで、どこかおかしくなったのだろうか。

馬鹿らしいことをしていると分かっていても、僕は自分の行動を止められなかった。

近くに落ちていた枝を拾い、ミアの前にしゃがみ込む。

それから、枝で土に文字を書き、きょとんとしているミアを抱き上げた。

読んで、という願望を込めてミアを軽く揺らす。ミアは地面に書かれた文字を見つめ、しばらく鳴き声を発さず黙り込んだ。

『ここを出て。僕から逃げて』

ミアを殺すつもりなんてない。殺したくなんかない。

ミアはもう大切な家族だ。誰にも言えないものを抱えて一人蹲《うずくま》る僕に、ミアはいつだってただ寄り添ってくれた。

人じゃないからだろうか。ミアと一緒にいる時間だけは無条件に安らげるのだ。

けど、何を思ったって運命には抗えない。運命は変えられない。

どうなるかはその時にならないと分からないけれど、ここはゲームの世界だから何らかの強制力はかかるはず。

ミアの死も悪役の行動も、きっと。

「……」

僕はどうでもいい。僕の運命はそのままでいい。なんならもっと酷な運命だって全部受け入れる。

だから、だから……ミアの運命だけは、なかったことにしてくれないだろうか。

ダメだろうか。だめ、だよなぁ……

俯く僕の頬にふに、と柔らかい何かが当たる。

「みゃあ」

驚いて顔を上げると、そこに触れていたのは小さな肉球だった。毛並みを辿ると、キラキラ宝石みたいな瞳と視線が合う。

その瞳には迷いなんてなくて。

都合のいいように解釈しているとは分かっていても、ミアがまるで僕が書いた文字の意味を理解して尚、僕に寄り添ってくれているように思えた。

「……」

「みゃあ？」

もふもふの毛並みを抱き締める。

頬をぺろりと舐めるミアに胸がぎゅーっとなった。

前世でも感じたことがない、あぁこれが愛おしさってやつか、なんてそんなことを思う。

運命は変えられない。

神の創造した世界には抗えない。

けど、腕の中の小さな存在だけはせめて、僕の何を捨ててでも守り抜きたいと。それが僕の贖罪なのだと思った。

みゃあみゃあと上機嫌に鳴き声を上げながら進むミア。

その後をただ追うという遊びをぼーっと続けてしばらく経ち、すぐ近くから聞こえた強い金属音にハッとした。

辺りを見渡して、しまった……と項垂れる。

気付かないうちにいつもの散歩道を大幅に逸れて、庭園の外へ来てしまっていたらしい。

木々の隙間から音のした方を窺うと、案の定剣の訓練を行っている騎士達の姿が見えた。遠くには剣を振るガイゼルとディランもいて、二人共意外と真面目に稽古をしているようだ。

ディランはともかく、ガイゼルがきちんと授業を受ける姿は珍しい。やっぱり大好きな剣術の授業は他と違う扱いなんだろう。剣を学ぶ時だけは真剣なのだと、いつかの晩餐でディランが呆れ気味に語っていたことを思い出した。

「みゃあ?」

「……」

興味津々な様子で訓練場を見つめているミアを抱き上げる。

こんなところで考え事をしている場合じゃない。訓練場に来たことがバレれば、双子だけじゃなく邸中の人間に怒られてしまう。

基本何をしても小言を言わない両親でさえ、訓練場にだけは行くなと僕に釘を刺している。

約束を破れば早く嫌われることが出来るんじゃないかと思ったこともあったが、両親の必死の形相を思い出すとどうにも実行する気が起きなかった。

立ち上がり、音を立てないよう踵《きびす》を返す。

このまますっさと離れようと踏み出した一歩を止めたのは、腕の中で突然暴れ始めたミアだった。

「っ……！」

――ミア!!

咄嗟の声は、やっぱり飛び出すことはなかった。

猫特有の柔らかい動きで拘束から抜け出したミアは、僕の足の間をくぐり抜けて一直線に訓練場の方へ走っていってしまう。

慌てて捕まえようとするが間に合わない。

ミアが草木を掻き分け走り去るのを呆然と眺めた。真っ白な意識を引き戻したのは、カーン！と鳴る甲高い金属音。

慌てたような声と走り出す足音が聞こえて、今度は何だと顔を上げる。空を見上げて一瞬呼吸が止まった。

青空を背にくるりと回って飛んでくるのは、騎士達が訓練で使っている大きな剣だ。

模擬戦闘中に剣を手放してしまったのか、とやけに冷静な頭が考える。スローモーションの視界の中、その剣の軌道を予想して青ざめた。このままだと、剣がミアの頭上に落ちる。

「――ぁ……っ」

蚊の鳴くような掠れた声が微かに喉奥を越える。

飛んでくる剣にようやく気付いたらしいミアが怯えたように立ち止まり、尻尾を丸めて蹲《うずくま》る。

頭より先に身体が動いた。その上に覆い被さろうと、倒れ込む。

「フェリ!!」

「チビ……!?」

ぎゅっと目を瞑《つむ》って激痛を待つが、予想していた衝撃は一向に訪れない。そんな中、届いた二つの声。そして、ミアを抱く僕にさらに覆い被さるようにして、大きな身体が僕を包んだ。

「っ……」

背中からぎゅーっと包み込んでくる温もりに気付いて振り返る。温もりの正体を視認して大きく目を見開いた。

「チビ……お前なぁ……ッ!」

目尻と眉を吊り上げて叫ぶガイゼル。その後ろには、剣が飛んできた方向に簡易結界を展開するディランが立っていた。

どうやら剣は結界に弾かれたらしい。少し先、訓練場の方に件《くだん》の剣が落ちている。

「……フェリ」

結界を解いたディランが静かに僕の名を呼び、無言で近付いてくる。

ガイゼルが上から退《ど》く。僕は足音を聞きながらゆっくりと身を起こした。ミアは腕の中に大人しく収まって小さく震えている。さっきの恐怖がまだ消えないのだろう。

俯いた視界の中に黒い靴が現れる。

ぼーっとした意識のまま顔を上げると、ふいに頬を軽い衝撃が襲った。

「……、……っ……？」

唖然として硬直する。おかしいくらいに痛みはなく、衝撃の加わったそこが腫れるわけでもない。

痛みが訪れたのは心の方だった。

心がじんじんと痛んで、わけも分からず視界が滲む。怒りの籠った「ディランてめぇッ！」というガイゼルの声が聞こえたが、意識はすぐに逸れた。

ディランの震える腕が背中に回されたからだ。

同時に力の抜けた僕の腕から、ミアがするりと地面に降りる。出来上がった隙間を埋めるように、ディランはさらに強く僕を抱き締めた。

「フェリ」

「っ……ぁ……」

「怒っているわけじゃない。でも、だめだ。フェリが身を投げ出すのは」

「ぅ……ぇ……っ」

「――フェリ。フェリ、いい子だ」

嗚咽が漏れる。おかしい、嗚咽だろうと何だろうと、声が出たことなんて今までなかったのに。視界が滲んで、すぐ目の前にいるディランの顔さえよく見えない。大粒のそれが瞳に溜まって、やがてぽろぽろと頬を伝い始めた。

何が何だか分からなくて、どうしようもなくて。混乱する意識の中ディランにしがみつくと、頭上から「いい子だ」という柔らかな声が何度も降ってきて安堵する。

子供の身体だからだろうか。湧き上がる感情を上手く抑えることができない。前世ならこんなことすぐにでも忘れて、爆発しそうな激情もグッと封じ込めることが出来ていたのに。

「……少しは目が覚めたか」

「っ……？」

ボソッと零された呟きに首を傾げる。ディランは僕の無言の問いかけに何も答えなかった。

「ガイゼル。フェリを頼む」

「は？　あ……あぁ」

立ち上がったディランは僕をガイゼルに手渡し、少し遠くで一連の流れを見守っていたミアのもとへ向かった。自分の愛猫が怪我をしそうになったのだ、そりゃあ心配だろうなと少し落ち込みながらも納得する。

置いていかれたガイゼルは慣れない手つきで僕を抱え直し、これまた不器用なぎこちない動きで僕の背中を撫でた。そういえばディランに抱えられるのは慣れているけれど、ガイゼルに抱っこされるのは珍しい。今更そんなことを思った。

ディランに叩かれた頬に優しく手を添えられる。ガイゼルには似合わない優しさが擽ったくて、けれど心地よくて、思わずその手に頬擦りしてしまった。

「っ……あ……い、痛かったか……？」

無言で瞬きをする。痛くなんてなかった。

「そっ、そうか。ならよかっ……た……」

すると僕の答えを理解したらしいガイゼルは、やけに動揺した様子で頷いた。

「ミャッ!!」

突如鈍い鳴き声が聞こえた。思わずビクッとして、ガイゼルから距離を取る。

その先に見えた光景に呆然と固まった。

ミアを心配していたはずのディランが、ミアの首根っこを雑に掴んで持ち上げていたのだ。見下ろす視線も酷く冷徹で、まるで虫けらを見るような目にゾッとする。

「……クソ猫」

「クソ猫とは失礼だみゃ！　まじゴメンだみゃー！」

「……？　……!?」

およそ愛猫に向けるものではない侮蔑に満ちたディランの眼差し。

それを受けながら当然のように人間の言葉を喋るミア。

どうやら驚いているのは僕だけのようで、ガイゼルも遠くでこちらの様子を窺っていた騎士達も、みんな「またか」というような目で一人と一匹の掛け合いを眺めていた。

慌ててガイゼルの方を振り返ると、自分の手をじっと見下ろして何やら名残惜しそうにしている。

不思議だったが、ひとまず置いておいて目の前の光景についてどうか教えてほしいと視線で訴える。するとガイゼルは「あ？　何だチビ知らなかったのか」と目を丸くした。

「アレは猫じゃねぇよ。ディランの使い魔だ」

使い魔……？

教えられたのは良いものの、理解がまったく追い付かない。だって、これは僕の知らないシナリオだ。

ミアはただの猫のはず。

だって、回想シーンでもディランはそう語っていた。愛猫が使い魔だなんて話はゲームに一度も出てこなかった。

情報を見落としていた……？　いや、そんなわけない。あんなに何度もプレイしたのだ、そんな重要な内容を見落とすはずがない。

ゲーム内では語られなかっただけで、ある種の隠し要素だったのだろうか。

けれどそれにしたってこれは、ゲームで描かれた情報とは大分違うような……

悩んでいると、向こうからまたディランとミアの声が聞こえてくる。

「おいクソ猫。俺は貴様に何と命じた」

「え、えー……愛しのフェリちゃんを命にかえても守り抜けーって言われましたみゃー……」

「そうだ。それで、貴様はさっき何をした」

「あぇー……愛しのフェリちゃんを守るどころか、命の危機に晒《さら》しましたみゃー……」

「自覚しているのなら良い。殺す」

「みゃー！　なんも良くねぇだみゃー！」

色んな仮説を並べてみたが、どれもこれも違うような気がして頭がこんがらがる。

考えすぎたせいか徐々に頭が痛くなり、僕が混乱で意識を飛ばすまで、ディランとミアの口論は終わらなかった。

【二人と一匹の内緒話（ガイゼルＳｉｄｅ）】

ディランがミアと口論を続ける中、突然チビは倒れ込んで意識を失った。慌てて二人の口論をぶった切り、本邸のベッドに運んだチビをディランと見つめていると、床に座っていたミアがふと口を開いた。

「そういやフェリちゃん、変なこと言ってたみゃ」

「変なこと？」

ディランの「馴れ馴れしくフェリの名を呼ぶな」という言葉をスルーしてミアが頷く。

みゃーだかみゃっだかウザったい語尾を付けながら話すミアは、主人であるディランとは世辞にも相性が良さそうには思えない。

しかしミアとディランがテンポよく会話と続けている。

「フェリちゃん、ミアをぎゅっと抱き締めてこう言いましたみゃ」

「待て、ぎゅっと抱き締めるだと？」

「そこ食いつくとこじゃないですみゃ」

じとっと猫目を細めたミアが呆れ顔で言った。ボーッと聞いていた中に、聞き逃せない内容があって目を見開く。勢い良く振り向くと、ミアがビクッと毛を逆立てた。

「なっ、急に何だみゃ！」

「チビが喋ったのか……!?」

「あぇ？　い、いや、書かれた文字を読んだだけだみゃ……っていうか、フェリちゃんって喋れないのかみゃ？」

返されたそれに身体の力が一気に抜けた。

拍子抜けしただけか、それともチビの声を初めて聞く機会を奪われなかったことへの安堵か、それは自分でもよく分からない。

チビは何故か生まれた時から声を発さず、表情も乏しい。それは今でも変わらず、原因も分からないままだ。

流石に異常だからと医者に診《み》せ、何度検査をしても結果は同じで、特に異常は見られない、病気もないと言われてしまう。何か理由があるならそれは精神的なものだろうとすら言われた。

そんなはずがねぇ。チビは生まれた時からそうだったんだ。

生まれたばっかのガキが心を病む……？　そんなわけあるかよ、絶対他に理由がある。

そう思っても、心当たりがまるでないという現実が八方塞がりを助長させていた。原因が見当たらないんじゃ治療法も探しようがない。

両親も最初こそは血眼《ちまなこ》になって治療法を探っていたが、三年も経った今となってはチビのそれを人格の一部として受け入れるようになった。声も出せねぇ、何をしても人形みたいな反応。稀《まれ》にチビの感情が伝わったように感じることもあるが……それすらもただの願望なのかもしれない。

ディランに至っては気にする素振りも見せない不気味っぷりだ。コイツは昔から何を考えてるか分からない奴だから、今更深追いする気もない。

ただ、そんなことがもう三年続いているからこそ、チビの声や表情に関する話題には敏感になっちまった。今だって、ミアの言葉に柄にもねぇ程動揺している自分がダサくて仕方ない。

いっぽう、ミアは呑気な表情で自分の肉球を舐めている。

「考えてみればフェリちゃんが喋るとこ、ミア見たことないですみゃ。シャイボーイなのかみゃ？」

「……。……おいクソ猫、話を戻せ。フェリは何と言ったんだ」

揺れる尻尾を目障りだとばかりに鷲掴んだディランが催促する。ミアは喧しい鳴き声を響かせながら涙目で答えた。

「猫の尻尾はデリケートなのに最低ですみゃ……生まれてくるとこ間違えましたみゃー……」

「…………」

「ご主人様マジ最高ですみゃ。今言うからその短剣をしまうですみゃ」

手の平を返すミアを見下ろし、ディランは額に青筋を浮かべながら短剣をしまった。

ミアがピンッと耳を立てて目を細める。

「フェリちゃんは、ここを出て。僕から逃げて。って言ってましたみゃー」

チビが言っていたという『変なこと』を聞いて、ディランと同時に息を呑む。

ディランがいつもの無表情を僅かに顰《しか》めて「フェリから逃げる……？」と呟く。

何か心当たりでもあるのか、それともただ言葉の意味を推測しているだけなのか。やけに暗い表情だ。

チビがこんな不気味な奴と似てるなんて言いたくねぇが、この二人にはどこか重なるところがあるというのは事実だ。

俺には理解出来ず、ディランにしか理解できないことがあるなんて、認めたくはないが納得はしてしまう。何を考えているのか読めないという点において、コイツらは確かに周りの奴らが言う

『似た者同士』だった。

「何だかとーっても思い詰めている様子でしたみゃ。罪悪感？　恐怖？　人間の負の感情が全部顔に出てましたみゃー」

「罪悪感……逃げろ……って。チビはお前に何かするつもりか？」

「えぇー……悪いことする子には見えなかったみゃー」

当然だ。チビは分かりにくいがアレですげぇ優しい奴なんだよ。

ディランのように嫌味を言ってくることもなく、不気味な態度で意味深に接してくることもない。ただそこに居るだけで周りの奴らを浄化する力がある。蝶の時も、自由に飛んでいるあれを捕まえちまったのを止めたかったんだろう、とあとでディランが言っていた。まさに天使、俺のチビは天使なのだ。もしあの時俺を殴ったように、仮に善行とは言えないことを犯したとしても、それはチビのせいじゃねぇ。チビを不快にさせた馬鹿な相手のせいに決まってる。

ディランも同じ考えのようで、ミアの尻尾を捻り上げながら「当然だクソ猫」と罵声を浴びせていた。

俺も割って入るように、ミアに問う。

「お前がチビをムカつかせるようなことしたんじゃねぇの？　チビは優しいからお前に猶予を与えたんだろ、天使かっての」

「有り得る」

「有り得るわけねーだろだみゃ」

ミアがディランの手から抜け出し尻尾を丸める。引き攣った顔でディランを見上げる姿は、猫というより人間そのものだった。その姿を見つめながら、続けて聞く。

「ミア、お前から見てチビはどうなんだ。妙な呪いとか掛かってねぇか？」

「呪い？　そんなもん感じないみゃ。強いて言うなら魂の色が珍しいってことくらいだみゃ」

「……？　フェリの魂は何色なんだ」

チビの人形めいたアレが病気じゃないってんなら、他に思い付く可能性としては呪いくらいだ。使い魔は魔力や呪いに敏感だから何か分かるかと思ったが……やっぱり呪いも関係ないか。

なんて思う俺とは違い、ディランはその直後のセリフの方が気になったらしい。

『魂の色』は個人によって大きく違う。だから珍しい色があっても何らおかしくない。だというのに、何がそんなに気になったのか。

ミアは相変わらず能天気な欠伸《あくび》をしながら答えた。

「色がないんですみゃ」

「……色がない……？」

「白ってことか？」

「ないって言ってんだろだみゃ。透明ってことだみゃ」

――透明……？

そんなはずがないと呟くディランに頷いた。

魂には必ず色がある。例えば俺は青、ディランは赤だ。色は生まれ持った魔法の属性に左右されやすい。俺とディランはそれぞれ水属性と火属性の魔法を持つため、魂の色はそれに倣《なら》ったものになっている。

そもそも魂の色は誰にでも見えるものではなく、基本、人ではないものにしか見えない。精霊や使い魔などの『魔力の集合体』や、魔力の概念に限りなく近い種族しか覗くことができないのだ。

ちなみに俺やディランの魂の色はミアから聞いて知った。

「透明……って、チビの属性は何なんだ？」

「うーむ……ミアにも分からないみゃ。覚醒してからのお楽しみだみゃー」

人間が魂の色を見ることはできないため、属性は魔力が覚醒してからでないと分からない。そんなことは当然知っているが、今はその常識が鬱陶しくて仕方ない。

苛立って零れた舌打ちにミアが喧しく鳴き喚く。やけに人間臭いこの猫もどきは、乱雑な仕草によく小言を言ってくるからウザったい。

一人真面目な顔をしていたディランが顔を顰《しか》める。無表情が歪む瞬間が珍しく、ミアも口を開けて凝視していた。

「透明に近いのは白だが……まさか光属性ではないだろうな」

「うへぇー……それはめんどいやつですみゃ……」

「……マジで光なら……神殿の奴らが黙ってねぇだろうな」

光属性の人間はほんの一握り。その中でも、もし仮に聖魔力すら覚醒させたならさらに厄介だ。聖魔力を覚醒させた人間はここ百年現れていない。つまり百年間、神殿の『聖者《せいじゃ》』の座は空席のままということ。そんな状況で万が一チビが『聖者《せいじゃ》』だった場合……

「ひぇ……」

「……おいディラン。分かるが少しは抑えろ、チビの前だぞ」

ディランが何を考えているのか珍しく丸分かりだ。ミアに至っては、殺気が駄々漏れなディランに情けなく怯えている。

チビが聖者《せいじゃ》だったら……間違いなく、神殿はチビを囲いに来る。神を異常なまでに崇める奴らのことだ、神に限りなく近い力を持つ聖者《せいじゃ》を放置しておくはずがないだろう。

そんなことを俺らが、というよりそもそもコイツが許すはずもないが。

「ま、まぁ落ち着くみゃ。属性が分からないのはマジだけど、何となくは分かるみゃ」

「分かるんじゃねぇか！」

「ちがーう！　何となくっつってんだろだみゃ！」

ピンと伸びる尻尾を鷲掴んで持ち上げると、ミアの短い手が抵抗し始めた。飼い主とは違ったウザさを持つ猫に苛立ちが湧いて止まない。

「乱暴な人間ばっかでウンザリだみゃ……人間は猫に弱いって聞いたから変化したのに……全然そ

んなことなくて泣きそうだみゃ……」

「良いからさっさと吐けクソ猫」

「人の心とかないんですかみゃ⁉」

結局ディランの圧に耐え切れなかったらしいミアは、その後震えながら語った。

「た、確かに光属性にめちゃ近いですみゃ……けど確証はないし聖魔力も今んとこ感じないですみゃ。少なくともフェリちゃんは聖者《せいじゃ》ではないですみゃー……たぶん……」

チビは聖者《せいじゃ》じゃない。確実ではないが、そのセリフを聞いて少しは安堵した。

神殿にチビを渡すなんざ冗談じゃねぇ。聖者《せいじゃ》なんて厄介なもんはチビ以外の奴が適当になればいい。面倒ごとにチビを巻き込むつもりなら相手が神だろうとぶっ殺す。

いつもは相性最悪だってのに、こういう時だけ片割れとの意見が合うのはウザったいが。

「……ガイゼル。万が一フェリが聖者《せいじゃ》として覚醒した時は……」

「んなこたぁ分かってる。文句言う神官共を神殿ごとぶっ飛ばす、だろ？」

「うげぇー……マージで生まれてくるとこ間違えたみゃー……」

ベッドの中で何も知らずに眠るチビを横目に、俺達は静かに笑い合った。

＊＊＊

紙と紙が擦れる音が微かに聞こえる。柔らかい風が頬に当たった感触で目が覚めた。

初めに見えたのは揺れるカーテンと、見覚えのある天蓋。音の聞こえる方へ顔を向けると、そこには静かに座って本を読むディランがいた。

伏し目がちな表情と組んだ足、全てが計算し尽された彫刻のようで思わず見惚れる。まだ十歳の少年のはずなのに、ディランの精巧な姿は既に完成されているように思えた。

まさにこの世界のメインキャラに相応しい、圧倒的な存在感。

やっぱりこの人は攻略対象者で、悪役フェリアル……僕の敵なのだなとほんの少し寂しくなる。

どこまで行ってもディランは正義で、フェリアルは悪でしかないのだ。だってもう、纏うオーラから全てが違う。

そんなディランは胸中がまったく読めないところが難点なのだが……流石にもうそろそろ僕を嫌い始めているだろうか。

ガイゼルは分かり易く僕に嫌悪感を募らせてくれているが、ディランはいまいち感情が読めないから困っている。僕に向かって無表情のまま「天使だ」「可愛い」「俺の弟は世界一」だなんて語るくらいだから、本当に思考が理解不能すぎて厄介なのだ。

「……あぁ、フェリ。目が覚めたか」

そんなことを考えているうちにディランは僕に気付いたようだ。僕がじっと見つめていたせいだろうけど。

完全に目を開けている僕を覗き込むと、ディランはベッドに身を乗り出して僕の額に手を当てて「熱はないな」と安堵したように頷いた。

「訓練場で突然倒れたんだ。覚えているか？」

「……」

当然、覚えている。

怪我をしそうになったミアを守ったら、双子がそんな僕を守ってくれて、その後ミアが当然のように喋り始めたところまで全て。

ミアが猫ではなくディランの使い魔であることも記憶に残っている。シナリオと異なる状況に未だ理解は追い付かないが。

無反応で身体を起こした僕を見下ろし、ディランは柔らかく目を細めて「そうか」と呟いた。

何も言わず表情を動かさない僕にはもう慣れたのか、ディランはこうして勝手に僕の答えを解釈したり、納得したりするようになった。この解釈がかなり当たっているという事実は少し驚いてしまうけれど。

――そういえば、結局ミアは無事だったのだろうか。

思い起こすと、ディランに何やら物騒なことを吐かれていた気がする。

そう思っていると、頭の上に手を載せられる。

「ミアは無事だ。ガイゼルは剣を離した騎士を殺……指導しに行っている。だから心配するな」

無表情なのに、どうしてここまで読まれてしまうんだろう。ディランは生まれつき人の感情や思考に敏感だとゲームで語られていたけれど、ここまでとは思わなかった。

こうして現実で見れば、ディランの人間離れした能力にはかなり驚く。やっぱり攻略対象者……この世界のメインキャラともなれば他とは次元が違うのだろう。

そんなあまりに人間離れしたディランだから、正直あまり関わりたくない。全てを見透かされそうな感覚があって少し怖いのだ。

ガイゼルなら感情を簡単に読めるからまだいい。僕を嫌っているか、無関心か、それが凄く分かりやすい。

けれどディランは別だ。ディランの感情がまったく分からない。

まだゲームが始まってすらいないから、キャラ達がどんな行動をするのか予測できない。

せめてキャラクターの心理もシナリオも全て分かるゲーム内のことを思い出して対処しようと思っているのに、ディランは、まるで煙のように僕の予想の範疇から逸れていく。

ゲームが始まっても、ディランの回想シーンを崩さないための行動はかなり難しくなりそうだ。

それに、ディランは既に想定外を起こしてしまっている。

ミアが愛猫ではなく使い魔だというシナリオだ。そんなものはまるで知らない。

正直に言えば、これ以上振り回されたくない。僕はフェリアルとしてこの世界を生き抜いて、シナリオ通り静かに死にたい。その目的だけが、愛に見捨てられた悪役の希望だからだ。

とにかく、情報を集めないと。

ミアは一体何なのか。これから起こる回想シーンの事件は……ミアの死はどうなるのか。

ゲーム内でディランは『ミアが死んだのは十歳の時だ』と言っていた。

そして回想シーンの背景では木々の葉が赤くなっていたのを覚えている。つまり、ミア殺害の放火事件が起こるのは今年の秋。

窓の外を一瞥する。まだまだ緑も残るが、葉は黄色や赤に色付き始めているものもそれなりにある。

心臓が嫌な音を立てるのを感じながらベッドから起き上がる。

「フェリ？　どこへ行く。目が覚めたばかりだろう、まだ起きては駄目だ」

するとなぜかディランも僕に合わせてついてきた。

それから扉の前まで来て立ち止まり、無表情のまま音もなく振り返る。

「病み上がりのフェリを一人にするわけにはいかない。フェリがどこかへ行くのなら俺も行く」

……いや、一人になりたいんだけどな……

都合の悪いことは察せないのか、ディランは僕のジト目を華麗にスルーして部屋から出た。大人しく後を追うと、すぐに捕らえられて抱き上げられる。

やっぱりこうなるか……と肩を竦《すく》めると、ディランは上機嫌にも見える無表情を浮かべて歩き出した。

ディランに抱き上げられて場所を移り、地面に下ろされた先は公爵邸の温室だった。広い空間を見渡して思わず走り出してしまう。けれど、すぐにディランに引き留められてしまった。

「フェリ。病み上がりにあまり走ってはいけない」

大袈裟な。少し倒れただけで病み上がり扱いとは。重い風邪を引いたわけでもあるまいし。

なんて思うが、こういう言葉を無視するとさらに監視の目が厳重になるので大人しく足を止める。

これ以上一人時間を減らされるのは辛い。

公爵邸の温室ともあってこの場所はとても広いから、思わず走りたくなってしまうのだ。

ここでは庭園にはない珍しい花や異国の草木が育てられていて、見ているだけでもかなり楽しい。

温室担当の物静かな庭師も含めて、僕はこの場所をそれなりに気に入っていた。

そんな温室は、庭園の中ではなく本邸のすぐ近くに建てられている。そのため、庭園を遠くまで散策できない時や、双子や両親が僕を遠くまで行かせたくないと思っているらしい日に訪れることが多い。

まさに今みたいな時だ。本当は庭園を散策したかったけれど、ディランが遠出は駄目だと首を振って聞かなかったのだ。

本当であれば、例の事件が起こる小屋を探したかった。あの場所を探せばミアの運命も事件についても何か対策が出来ると思ったのだけど。

ミアを守ると決めたはいいが、そもそものシナリオが想定外なんじゃ正しい動き方が分からない。ミアがただの猫ではなく使い魔だったことも、ただ僕がゲームをプレイ中に見落としていただけなら良いけど……

「何か悩みでもあるのか」

考え込んでいると、ふいにディランが目前に現れた。

さっきまで走り回っていた僕が突然肩を落として大人しくなったことを訝しんだらしい。地面に膝をついたディランは僕の頭にぽんと手を載せて、緩やかに撫で始めた。

「疲れてしまったか？　そろそろ戻るか？」

ぎこちない撫で方のガイゼルとは違い、ディランの触れ方はかなり手馴れている。撫でられるとたちまち眠くなってしまうくらいには。

だからだろうか。いつもこの手に触れられると、どれだけ感情が荒ぶっていても波が引くように落ち着くのだ。

でも、まだ邸に戻る気分じゃない。やることは沢山あるはずなのに、子供の虚弱な身体ではどうしても限界がある。そのうえ、どうするべきかを整理するのも難しく、頭の中が混乱しているのだ。

だから戻りたくない。そう思って、ディランをそっと見上げる。

するとディランは僕の葛藤を察したように頷いた。

「そうか。それなら……フェリに良いものを見せてやろう」

「……？」

そう言うと、ディランは、僕を抱き上げて温室の奥へと向かった。最奥にあるその扉は、普段は鍵が閉められていて庭師以外入ることができない。きっと物凄く高価な花でも育てられているんだろうなと気になりつつも、今までその中を見たことはなかった。

良いものって、この奥にある花のことだろうか。

見上げると、ディランは柔《やわ》く微笑んで鍵を開けた。

どうやらこの部屋の鍵を持っているのは庭師だけじゃないらしい。

「ここには、公爵家で最も特別な花があるんだ」

公爵家で最も特別な花……

王族ですら所有していない異国の植物や、御伽噺《おとぎばなし》の本に載っているような幻の花をも温室の隅に植えているのに、それ以上に価値のある花がこの奥に咲いているというのか。

……そんなことを言われれば、本能的に気になってしまうのが人間の性《さが》というもの。

「……、……！」

『公爵家で最も特別な花』なんて、ゲームにも出てこなかった。これはきっと隠し要素だ。もしかしたら十年後に始まるゲームのシナリオが変わったとしても伏線になるかもしれない。

そわそわと早鐘を打つ鼓動を無表情で誤魔化しながら、急かすようにディランの服の裾をくいくいと引っ張る。

ディランはそんな僕を見下ろすと、何故か嬉しそうにふわりと頬を緩めた。

厳重に閉ざされた扉の向こう側へ二人で向かう。そして奥に咲いていた花を視界に入れて、はっと息を呑んだ。

――……これが……特別な花……？

目の前に咲いているのは小ぢんまりとした瑠璃色の花だった。

拍子抜け、と言うべきだろうか。これほど宝を隠すように管理しているからには、きっと高貴で絢爛な大輪だろうと想像していただけに、そこに広がった控えめな花の集いが予想外で目を瞬いた。

「……」

……あぁでも、と息を吐く。珍しくも高価そうにも見えないけれど、この花は何だか好ましい。丸みを帯びた花びらも、小振りな姿も。瑠璃色が沢山集まって海のようになっているのも、じっと見続けると神秘的な光景に思えた。

無意識に手を伸ばすと、ディランは小さく笑んで花を一輪摘み取る。差し出されたそれを受け取ると、触れて分かるあまりの小ささと柔らかさに息を呑んだ。

「……フェリシアという花だ」

一瞬、ほんの一瞬名前を呼ばれたような感覚がして肩を揺らした。花の名を紡ぐディランの声音は、僕を呼ぶそれとまったく同じ柔らかなものだったから。

顔を上げると眼前に広がる端正な微笑み。カーマイン色の瞳に僕の瑠璃色の瞳が映って、何だかくすぐったく感じた。

「高価ではないが、母上の故郷にのみ咲く花なんだ。花言葉は……何だと思う」

「……」

花言葉、なんて。堅い印象のあるディランが口にすると少しおかしい。そんなことを考えるぼんやりとした意識は、直後に語られた『花言葉』でハッと明確になった。

「――……幸福。フェリの名に相応しい花だろう」

海の水面に日差しが反射したような、そんな輝きが一瞬花々に重なった。

花と花の境界線が霞んで、色がぼやけて、本当に海みたいだと思った時。僕はようやく自分の視界が滲んでいるのだと悟った。

ディランの言葉が脳内で何度も繰り返される。だってそれではまるで、僕の名前に何か意味があるとでも言うような……

公爵家で最も特別な花の花言葉が幸福。そんな花が僕の名の由来になっているのだと、ディランは語る。温室の奥深くに大切に隠されたその花と、僕が。

――前世では名前に意味なんてなかった。

両親は、遠い国で名家の当主を務めていた曽祖父と同じ、色素の薄い髪色と瞳を持って生まれた優馬にしか興味がなかった。面白味のない黒髪の僕なんて、高貴な血筋を何よりも重んじる家族にとっては眼中にもなかったのだ。

だから当然、僕の名前を考える気なんてなかった。当時父が読んでいた小説に成瀬《なるせ》という登場人物がいて、偶然覚えていたそれを適当に僕の名前にしたらしい。

それでも僕は、大好きな家族から与えられたその名前を気に入っていて、大切にしていて……前世の縁の全てに失望した今、成瀬という名前は呪いになった。

何の意味もない空っぽの名前に、僕はずっと囚われていた。

「フェリ、フェリは幸福そのものだ。フェリは俺達の幸福なんだ」

俯いて、ディランに気付かれないよう雫を拭う。一滴零れたそれは持っていた一輪のフェリシアに伝って、花びらを雨上がりみたいに輝かせた。

「生まれてきてくれてありがとう」

そう言って、ディランが珍しい笑みを浮かべる。

同時に湧き上がる感情。認めてはいけない、気付いてはいけない気持ち。

目の前の彼は、家族じゃない。前世と同じで今世にも僕に家族はいない。ディランはこの世界の役者に過ぎなくて、僕にとっては敵でしかない。そうでなきゃいけない。公爵夫妻も、ガイゼルも、ディランも、みんな敵だ。両親でも兄でもない。

……それなのに。

成瀬という名前が、まるで知らない他人のもののような感覚に陥る。これは一体何なんだろう。

僕は今フェリアルなんだと当たり前のことを考える。名前が枷《かせ》になるのは前世と変わらないけれど、前世よりはずっとマシだと思った。

年相応の身体のせいだ。脆い涙腺はそのせいで、決して僕自身の問題じゃない。

名前に意味があるからって、だから何だというのか。役割も運命も変わらない。これも所詮ゲームの中の『隠し要素』のひとつだ。

「……」

あぁ……でも、そうか。

名前はゲームで散々残酷な運命を辿った悪役に、唯一残されていた愛情だ。

たったひとつの希望だ。

彼《フェリアル》には成瀬と同じで何もないと思っていたのに。なんだ、ひとつは持っていたんじゃないか。

最期まで失われることのない、絶対的な愛情を。

これは今世の枷《かせ》。意味のない名前に囚われていた僕が、今度は至上の意味を持つ名前に囚われる。

それはとても幸福なことだと思った。

＊＊＊

その日の夜。いつもなら既に眠っている時刻に、夕食後から通しで作り続けていたそれがようやく完成した。

こんな時間に起きていることがバレれば、邸中の人間に怒られてしまう。分かっていても無心で作ってしまったそれを持ち、そっと自室から抜け出した。

小さなランタンを片手に向かった先は、自分から訪れたことが一度もないディランの部屋だ。床にランタンを置き、ひとつ深呼吸をして。震える手で控えめにノックをする。

部屋の中からガタ……と小さな物音が鳴った。

その音を聞いてふと不安が湧き上がる。温室から戻ってきてずっと夢見心地というか、いつもの冷静さを欠いていたけれど、今になってやっと我に返った。

でも、もう後戻りはできない。緊張で震える手を押さえていると、やがて扉がゆっくりと開いた。

「……フェリ？　こんな時間にどうして……」

少し鋭い瞳をして現れたディランは、僕の姿を視認するなり驚いたように目を丸くした。怜悧な視線が柔らかくなって、肩から力が抜ける。

どうやら読書中だったらしい。肩越しに覗いた室内は一箇所だけ明かりが灯っていて、丸テーブルの上には開いたままの本が伏せて置かれていた。

ディランが本好きであることは以前から知っていたけれど、それにしても丁度いい。

一輪のフェリシア。昼に花を受けとってから、どうしても作りたくなった手の中のものをそっと差し出す。

「それは……」

「……」

するとと視線を合わせるように床に膝をついたディランが視線を追って、僕の手の中にあるそれを見つめる。

だんだん恥ずかしさが勝ってきて、半ば押し付けるように渡すと、ディランは大切な宝物に触れるような優しさでそれを受け取った。

「俺に……くれるのか……？」

瑠璃色の花とカーマインの花が押された小さな栞。形はとても不格好で、中の花も少し歪《いびつ》になっている。出来がいいとはお世辞にも言えないその栞をじっと見つめたディランが、ふと何かに気付いた様子で目を見開いた。

「フェリシアと……この花は……」

その言葉に胸がドクンと鳴って、慌ててランタンを手に踵《きびす》を返す。

走って戻ってしまおう、と足を踏み出そうとした僕を、「フェリ」という強いディランの声が寸前で止めた。振り返らずに立ち止まると、背後から震えた——まるで泣いているかのような声が届く。

「フェリは……この花の花言葉を知っているのか」

「……」

数秒迷って、結局首を横に振った。

だって僕は知らない。知っているはずがないから。

しばらく間を空けて「……そうか。そうか……」と掠れた声が返ってくると、静かな廊下に沈黙が流れる。何気なく微かに振り返ろうとして、一瞬見えたディランの姿に息を呑んですぐに正面に向き直る。

何だか胸がぐっとなって、喉の奥が熱くなって。全てに知らないフリをして、僕は走ってその場を立ち去った。

だから、僕はその後に起こったことを何も知らない。

ディランの頬に伝った一筋の雫のことも、青いフェリシアと赤いゼラニウムの押された栞を見て、ディランが何かを堪えるようににしゃがみ込んだことも。

全部がなかったことで、きっと夢で。気の迷いでしかない。

この夜のことには何の意味もないのだ。

【悪役の策謀】

『ディラン兄様！　ガイゼル兄様……！』

背を向けて遠ざかっていく二人を見て、僕は地面に膝をつく。

聖者のもとへ戻ると、二人は先程まで浮かべていた憎悪の眼差しを柔らかいものに変えた。

実の弟には向けなかった優しい微笑みが聖者に向けられる。それを目の当たりにした途端心が真っ黒に染まって、絶望の涙が絶えず零れ続けた。

惨めに地面へ這いつくばる弟を侮蔑の視線で見下ろし、二人は感情の籠らない冷徹な声音で吐き捨てる。

『……醜い罪人が俺を兄と呼ぶな。お前は弟などではない』

『散々アベルの邪魔しやがって。お前みてぇなのが弟とか……俺は絶対認めねぇぞ』

アベル……最愛の兄達の愛情すら奪った、憎い聖者。

常に慈愛の笑顔を浮かべ、神の代弁者と崇められ、何をせずとも周囲から無償の愛を与えられる存在。そんな絶対的な人間に勝てるわけなかった。全て奪われても尚、足掻くことも許されなかった。愛される運命を持って生まれた聖者に、唯一小さな復讐が出来るとすれば。

『僕はお前を……絶対に愛さない』

お前の運命をたったひとつだけ覆す。

僕が好いた人間、僕が愛した人間。みんなに愛されたお前に、僕の全てを奪ったお前に、最期の嫌がらせを。

万人に愛される人間なんていないんだって、全てに愛されるはずのお前に突き付けてやる。

『母様、父様……ディラン兄様……ガイゼル兄さま……大好きです……』

温かな瞳はとうの昔に忘れてしまった。

向けられるのは憎悪や侮蔑の籠ったものだけで、それでも僕は嬉しかった。

——最期まで、愛したいものだけを愛することができて幸せだった。

＊＊＊

「……」

最近、夢見が悪い。

あの夜——ディランに栞を渡して以来ずっとだ。ゲームでプレイした内容がまるで自分の事みたいに繰り広げられて、最期は必ずハッピーエンドで目が覚める。

悪役《フェリアル》の心情が苦しいくらい渦巻いて、物語の中に引き込まれて、抜け出せなくなるのだ。

その感覚が怖くて碌に眠れず、朝起きれば寝不足と隈に悩まされる毎日だ。

仕方ないから昼寝をする習慣を作った。昼でも悪夢を見ることは変わらなかったけれど、起きたら内容を覚えていないだけましだ。いつミアの事件が起こるか分からず、上手く眠れないことが多かったけど。そんな僕を見て、何故か公爵家全体が緊張に包まれている現状も気味が悪い。

悪い兆候が続く中、おかしな変化も同時にあった。

「フェリ、俺と一緒に寝よう。ぎゅってしてやる」

「……」

爽やかな風が吹く森の中。昼間の日差しを受けながら、ディランがやけにキラキラした瞳を向けて、僕に向かって血迷った言葉を吐く。

隣にいるガイゼルと同時に、ディランになんともいえない視線を向けた。

これは悪い変化と言った方が良いのだろうか。

どちらかというと頭のおかしい変化と呼ぶべきだと思うが。

ディランの理解不能な発言は元からだけど、最近になってそれが余計顕著になった。もっと深く言うならやっぱりあの夜からだ。あの夜から、ディランの監視が悪化した。

僕が行く場所全てについてきたり、高頻度で花を贈ってきたり。バルコニーのソファで寝ていると、気付けば横に潜り込んできているし。笑う機会も目に見えて増えたような気がする。

「なんかお前……最近きめぇぞ」

容赦ないガイゼルの言葉に脳内で強く頷く。本当にそうだ。

素直に気持ち悪い。変化があからさますぎて、やけに気にかかる。

それとも、もしかしてあれだろうか、そろそろ運命が始まっているのだろうか。

これ程の急な変化だ。きっと何らかの強制力が掛かっているに違いない。僕を嫌うはずなのに逆に構ってくるのは謎だけど、これはバグだろうか。

ディランはガイゼルの言葉に大きく首を横に振った。

「フェリの寝不足を改善させるためだ。幼い身体では一人で眠ることに恐怖を抱き、結果悪夢を見続けてしまうのだと推測する。決して下心があるわけでなく、あくまでフェリの寝不足改善のために合理的な提案をしているだけだ」

「饒舌なのは下心がある証拠だぞ」

ガイゼルも成長過程で知恵をつけたらしい。僕が生まれたばかりの頃はディランに丸め込まれてばかりだったのに、三年で随分賢くなるものだ。

ジト目で言い放ったガイゼルに、ディランがピタリと硬直する。ただし焦った様子は微塵もない。あくまでいつも通りの無表情だ。

けれど三年一緒に居れば流石にこれくらいは分かる。焦った様子が微塵もないように見えて、こういった時のディランは意外と焦っているのだ。

当然ガイゼルもそのことを分かっているのでニヤリと笑う。しかしその直後「そういうわけだし、俺がチビと寝るぜ」と意味不明なトドメをさしていた。

前言撤回、やっぱりガイゼルは脳筋で頭が悪いままだ。

「は？　ふざけるな。貴様のような筋肉ダルマと寝たらフェリが潰れる」

「てめぇみたいな不気味野郎と寝た方が夢見悪いに決まってんだろ」

「あ？」

「んだよ？」

恒例の双子喧嘩が始まったところで、今日は長くなるかななんて予想しながらしゃがみ込んだ。この双子喧嘩、短い時は五分程度で終わるけれど、長い時は公爵を呼んで説教してもらうまで終わらないのである。

言い争う二人をぼーっと見上げていると、足元に何やらもふもふもこもこした感触がして我に返る。見下ろすと、上機嫌に尻尾を立てたミアがゴロゴロと喉を鳴らしていた。

今日は気温も暖かいし、過ごしやすい気候だから機嫌が良いのだろう。

もふもふの頭を撫でてあげると、嬉しそうな鳴き声が返ってきて知らず頬が緩んだ。けれどすぐにハッとして無表情に戻し、何事もなかったかのようにミアを抱き上げる。

膝の上に乗せて撫でるのを再開すると、ミアはふにゃりと耳を伏せながら口を開いた。

「フェリちゃん、おはようだみゃー」

「……」

猫が突然喋る光景にはもう随分慣れた。

目を細めるだけで応えると、それだけでもミアは嬉しそうに笑った。よく見ればこういうところがディランに似ていて何だかくすぐったい。

今日もミアは生きている。まだ無事だ。僕の見ていないところでシナリオが進んだりはしていない。

つまりこのまま時が進めば、ミアを殺すのは僕だろうし、シナリオの強制力が強ければ、僕の意見なんて関係なく、ミアを傷付けてしまうかもしれない。

そうであれば、強制力が発動するまでに、僕から行動を起こさないと。ここ数日削れた睡眠時間を使って、必死に考えた結果、何をすべきかは何となく分かってきている。

ディランの突然の変化や、知らなかったミアの設定が存在すること。

それは結末がズレなければ、過程が変わったっていいということじゃないか？

要はディランのトラウマとなる回想シーンに、相応しい事件を起こせばいいだけだ。つまり犠牲になるのは、ミアでなくても構わないはず。

「……」

「みゃあ？」

むぎゅーっと抱き締めると、ミアは腕の中で不思議そうに声を上げる。毛並みに顔を埋めて考えるのは、あるひとつの策略だった。

運命は変えられない。運命はただそこに在り、決して消えない絶対のものだ。

けれど、その運命を誰が担うかまでは定められていないんじゃないか？　結末さえ変えなければ、きっと誰がその運命を奪ったって――

「――……フェリ？　どうしたんだ、突然蹲《うずくま》って」

その声に俯いていた顔を上げた。そこには心配そうな表情で僕を見下ろす双子が立っている。いつの間にか今日の喧嘩は終了したらしい。

「……」

僕がこの計画を完遂した時、この二人は何を思うだろう。

ゲームで悪役に向けていた感情みたいに、何も思わないでほしい。無感情で何も思わないでほしい。そうすれば僕はこれ以上、何の期待もしなくて済む。

「おいチビ、顔色悪いぞ。寝不足だからだな？　やっぱさっさと戻って俺と寝んぞ」

「そうだな。早く戻って俺と寝ようフェリ」

じとっと二人が睨み合う。またもや始まりそうな喧嘩を予感し、二人の服の裾を無意識に引っ張った。すると何だかとても驚いたようなまん丸の目が向けられ、思わず僕まで目を見開く。少し怯みながらも手は離さない。無言で見つめ合うと、やがて二人は感極まったような顔で膝をついた。

ふいに両側から勢いよく抱き着かれて硬直する。

突然どうしたんだろう。

もふもふした感触に僅かに見下ろすと、ミアまで嬉しそうに僕の足元に寄り添っていた。

「……？」

よく分からないが、特に嫌悪感は抱かないのでじっとする。この二人の奇行は今に始まったことじゃない。

ふと空を見上げ、ちょうど差し込んだ木漏れ日に咄嗟に目を瞑《つむ》る。恐る恐る開くと、今度は色鮮やかな紅葉が視界いっぱいに広がった。

ひとつめの運命がもうすぐそこまで近付いてきている。何かが大きく変わるような予感を抱えながら、それでも心は凪いだままだった。

【ウサギのぬいぐるみ】

どうしてこうなった、なんて。声すら出せない状態ではどうすることもできない。

今日も例の小屋を探す前に寝不足分の体力を補おうと自室のバルコニーで昼寝をしていた時。目が覚めると、何故か筋肉質な——ガイゼルの腕にがっしりと拘束されていた。眠っている間に隣に潜り込まれるのは最近ではよくあることだけど、ディラン以外にされたのは初めてだ。

そういえば今日はディランだけ魔術の授業があるんだった、と寝起きで霞む頭で思い出す。道理で今朝から何だか静かだと思った。ディランの邪魔が入らなかったからか。

……いや、別に何かが足りないような気がしたとか、そんなことは思っていないけど。

「……チビ？　起きたのか」

もぞもぞと動いていると、頭上から掠れた声が落ちてきてギクッと身体が強張る。いつもの乱暴な大声じゃないから驚いた。寝起きだとそんなに冷静な声が出せるのか。

「お前……すげぇ魘《うな》されてたぞ。昼に寝ても駄目じゃねぇか」

「……」

バレていたのか。夜に悪夢を見るから代わりに昼寝してたこと。どの道悪夢を見るのは変わらないから無意味だけど。

重い瞼を無理やり開いた。きっと今鏡を見れば大変なことになっているんだろうなとぼんやり思う。

隈も酷いし、誰かしらに会う度ギョッとした顔をされるのは面倒だけど、それに反応を返す気力すら残っていない。そのせいか、皮肉にも以前より断然人形らしくなってきた自覚があった。

「……なぁ。お前さ、いつも何考えてんだ？」

「……」

「喋らないのは自分の意思か？　それとも何か原因があんのか？」

「……」

静かに問われるそれに答えることはしない。

表情を動かすことすら億劫な今、ガイゼルの声は単なる雑音に過ぎなかった。仮に反応を返したとして、何かが変わるとは思えない。この質問は単純な疑問でしかなくて、別に何かを求めているわけじゃないだろう。

思えば、ガイゼルもディランと同じくらい行動が理解不能な人物だった。僕を嫌っているはずなのにスキンシップは厭《いと》わないし、何なら積極的に関わってくる。これもバグの一種だろうか。

訓練場での事件で僕を守るような行動をしたのも、今になって考えるとどこか腑に落ちない。本来の彼なら飛んできた剣を弾き返すくらい造作もないはずなのに、あの時のガイゼルはまるであまりに想定外の出来事に思考が追い付いていないみたいだった。

万が一にもミアが怪我をしないように必死だったとか？　それにしたって、ディランは兎も角ガイゼルには命を賭けてまでミアを守る理由なんてなかったと思うけれど……

「……お前、何にそんなビビってんだよ」

考え事は途中でバッサリ切られてしまった。

同時に瞬きを繰り返す。

ガイゼルが何となしに放った言葉が予想外に胸に刺さったからだ。

僕は傍《はた》からすれば、何かに怯えているように見えているんだろうか。ただ運命を待っているだけの僕が、恐怖を抱いているって……そんなわけない。

それは一体何に対しての恐怖だというのか。確定している結末に対して？　これから起こる運命に対して？　それとも……いや、違う。考えては駄目だ。僕は全然怖くなんてない。怯えてなんかいないのだから。

「……。……まぁ、何でもいいけどよ」

どうでもいい、という意味だろうか。僕が何に怯えていたって、ずっと喋らないままでも何でも、自分には興味がないという意味だろうか。

——きっとそうに決まっている。

「……」

「ん？　何だよ、起きんのか」

ガイゼルの腕を振り払うようにして起き上がる。今日も早く例の小屋を探さないと。

僕の行動を邪魔する気はないようで、さっきまで石みたいに動く気配のなかった腕の拘束は案外簡単に外せた。

寝そべっていたソファに座り直し、背凭れに身を任せる。起きてすぐ立ち上がると眩暈《めまい》がするから気を付ける必要がある、というのはこの数日で学んだことだ。

ぼーっとする僕を横目に、ガイゼルがふいに立ち上がってソファの裏へ移り、ゴソゴソと何かを取り出すような動きを見せた。

そういえば、ガイゼルもディランもどうして普通に人の部屋に入ってくるんだろう。まぁ見せられないものとかは特にないから別に良いけど。

それとも、兄弟だと当然なのかな。前世では誰も僕の部屋になんか来なかったし、逆に僕が兄達の部屋を訪れると中には入るなと物凄く怒られた。だから結局、家族の部屋の中に入ったことはない。

あぁでも、確かに思い起こすと優馬はよく兄達の部屋で遊んでいた気がする。

「おい、チビ」

「……？」

あの時の兄さん達と優馬、すごく楽しそうだったな……なんて考えていると、ふいにガイゼルの声が聞こえてハッとした。

振り向いて目を丸くする。あまりに違和感のある光景に思わず二度見した。

そこに立っていたのは、兎――兎のぬいぐるみを抱えるガイゼル。そう、ガイゼルと、兎だ。ガイゼルはそのぬいぐるみを「……ん」と仏頂面で僕に差し出してきた。

「……、……？」

「さっさと受け取れ。肩が疲れる」

低い声が落とされ慌ててぬいぐるみを受け取る。僕が丁度抱いて歩けるくらいのサイズで、もふもふの手触りだけでもとんでもない高級品だと悟った。抱き心地があまりに良すぎる。

兎の目は瑠璃色にキラキラ輝いていて、宝石が埋め込まれているのだと気付くのに時間は掛からなかった。ぬいぐるみの全体的な色は紺青で、それはガイゼルの瞳の色によく似ていた。

これは一体……？

ガイゼルに困惑の目を向けると、何故か視線がふいっと逸らされる。首の後ろに手を当てる仕草はどことなく照れているようにも見えた。

「あー……あれだよ。ガキってのはそういうの抱くと寝やすいんだろ？　少しはその不細工な顔も……どうにかなるんじゃねぇか、とか……」

後半の声はボソボソと呟かれて、よく聞こえなかった。

けれど聞こえた分の言葉だけでも、身体がそわそわと緊張してくすぐったい感覚に襲われる。無表情を保てていないような気がして反射的に俯き、震える唇を噛み締めた。

「ま、まぁ別に……必要なけりゃ捨てるなり燃やすなり好きに……――」

ガイゼルの言葉が不意に途切れる。でも彼がそうして息を呑む気配も気にならないくらい、その時僕は兎のぬいぐるみに夢中だった。

ぬいぐるみをぎゅっと抱いて、湧き上がる不思議な感情にただ浸る。

誕生日の贈り物のような義務的なものじゃない。何でもない日にふと渡される、予想外の贈り物。前世で優馬が両親から貰っていた、仕事帰りに買ったケーキとか。兄達が何気なく買ってきた優馬の好きな漫画の新刊みたいな。

前世の僕は誕生日のプレゼントすら貰ったことがなくて、でも今世では毎年当然のように貰っていて。それでも何かが足りなくて。

僕も優馬みたいな経験がしたかった。あの穏やかな輪の中に入りたかった。ふとした何気ないものが欲しかった、なんて。

こういうことを突然されると、全てを捨てた前世に置いてきたはずの、沢山の未練を思い出してしまう。余計な感情を思い出してしまう。

だから嫌なんだ。初めから無駄に関わるべきじゃなかったのに。公爵夫妻を前世の両親に、ディランとガイゼルを兄さん達に重ねてしまっている事実に気付いてしまって。

けれど重なる姿は『僕の家族』ではなくて、あくまで『優馬の家族』なのが酷く虚しくて――

「お、おいチビ……っ」

ぐちゃぐちゃに渦巻く感情を整理しようと思っても、冷静になれない頭ではそれも難しい。

ふと我に返り正面を向くと、いつの間に移動したのかガイゼルが膝をついて焦燥の滲んだ表情を浮かべていた。

おろおろと瞳を揺らす姿が珍しくてじっと見つめていると、ふいにガイゼルが口を開く。

「な、泣くなよ……兎は嫌だったか……？　熊の方がよかったか？　好きなの言え、お前の望むモンは俺が全部手に入れてやるから……」

「お前の泣き顔には弱いんだよ……」とよく分からないことを呟くガイゼル。言葉の意味は理解できなかったけれど、お陰で無意識に零していたらしい涙が止まった。

ぬいぐるみを回収しようとするガイゼルの手を払って、奪われないようにぎゅっと抱え直す。

これはもう僕のものなのだ、たとえガイゼルでも絶対に返さない。皆が僕を完全に憎むようになった後だって、ずっと僕のものであり続けるんだ。

長い紺青の耳に顔を埋めると、ガイゼルが微かに笑ったような吐息が正面から届く。ちらりと視線を上げると、そこには柔らかい微笑があった。

「……盗らねぇよ。それはチビのだ、好きにしろ」

優しげなその声を聞きながら、僕は潤む瞳を隠すようにぬいぐるみをさらに強く抱き締めた。

それ以来。僕はガイゼルから貰ったぬいぐるみをよく持ち歩くようになった。

よく、というか毎日だ。手触りが良くて抱き心地も最高、何より若干冷え性な僕にとっては抱いているだけで身体が温まるので、外出の必需品になるまでにそう時間は掛からなかった。

そして何よりの効果は、抱いて眠るとあまり悪夢を見なくなったことだ。お陰で最近は安眠出来る日が増えた。

一日のほとんどを共に過ごしていると必然的に愛着が湧いてくるもので、今では内心ウサくんと名付けて勝手に絆を感じている。誰がなんと言おうとウサくんは初めての友達なのだ。

ウサくんと邸を歩き回っていると、すれ違う使用人達が何故か必ず悶絶する。ウサくんに攻撃魔法でも付与されているのだろうかと思いながらも、身体的なダメージはなさそうなので特に気にしていない。公爵夫妻やディランまで膝をついて悶えていたところを見るに、きっとウサくんの攻撃魔法はとんでもない威力なのだろう。

「フェリ。今日もそれと一緒なのか」

ウサくんと一緒に小屋を探しに森を散策していて、ふいにディランの声が聞こえて立ち止まる。振り返ると、僅かに汗をかいた双子が近付いてきていた。

どうやら剣術の授業終わりらしい。もうそんな時間かと驚くと同時に、疲れているはずなのに僕を探しに来るなんてと少し呆れた。

……いや別に、ここまで来るの大変だったろうなとか思っていないし、心配もしてないけど。

ウサくんを見下ろすディランにじっと視線を返す。そんなに見てもウサくんは渡さないぞ、という意味を込めてキッと睨んで威嚇すると、ディランは「グハッ……！」と苦しそうに後退《あとずさ》った。

「くッ……恐ろしい不意打ちだ……危うく死ぬところだった……」

「おい気を付けろよ。破壊力やべぇから気を抜いたら即死だぞ」

そんなに僕の威嚇怖かったかな、なんてそわそわする。平均より華奢な身体を実は少しだけ気にしていたけれど、ちゃんと男らしく成長しているみたいで安心した。

少なくともディランが怖がるくらいの威圧感は習得出来たようだ。メインキャラであるディランをも怯ませるなんて、やっぱり悪役というのは凄い。

「ガイゼル、お前もたまには素晴らしい行いをするものだな」

「たまにはとは何だてめぇ。もっと崇めろ、これに関しては自分でも天才かと思ったぜ」

和気藹々と語り合う二人を見て首を傾げる。

珍しい、今日は仲良しなんだ。いつもは怒涛の双子喧嘩を繰り広げるのに。

平和なのは良いことだ、とぼんやり考えていると、不意にディランが不穏な発言をしだした。

「……だが一つ苦言を呈すのであれば、何故兎がお前の色なのかということだな」

ガイゼルの色、というのはウサ君が紺青色だということだろう。

この色が何か気になるんだろうかと瞬く僕を余所に、二人はさっきまでの和やかな雰囲気をたちまちピリつかせ始めた。

ディランの冷ややかな視線と、ガイゼルの「やんのかコラ」というような治安の悪い視線がぶつかり合う。

僕はウサくんを守るように一歩後退《あとずさ》り、これから起こるであろう双子喧嘩に巻き込まれないよう息を潜めた。

「相手に自分の色の物を贈る行為が何を意味しているのか、貴様は当然知っているだろう。下心があると周囲に言いふらすのと同義だぞ」

「年中下心しかないお前が正義ぶってんじゃねぇ。俺はただチビの寝不足改善のために最善策を講じたまでだ。色はその過程で偶然被ったってだけだろうがよ」

偶然、という言葉を、ディランが軽く嘲笑う。

その反応にピクッと眉を痙攣させたガイゼルは、引きつったような歪んだ笑みのまま口を開いた。

「何にせよチビが俺の色を常に持ち歩いてることは変わらねぇ。精々みっともなく妬んでろよバーカ。どうせお前は自分の色をチビに贈ることも、チビの色を貰うことも出来てねぇんだからな」

僕の色……はて、何だろうこの緊張感。

ディランは一瞬固まったがすぐに硬直を解き、ふっと余裕そうな笑みを浮かべた。

予想外の反応だったのかガイゼルが微かに狼狽《うろた》える。けれどそれも数秒のことで、ガイゼルもすぐにいつもの表情に持ち直す。

だがその表情も、ディランが内ポケットから取り出したものを見て、崩れ去った。

「……目に焼き付けるんだな愚弟。これはフェリがくれた初めての贈り物だ。しかも手作りのな。フェリが俺を想い、心を籠めて作った、正真正銘この世に一つだけの栞だ」

別に大して心は籠めていないし、そんなに大層な評価を貰うほどの品じゃない。

でも、ガイゼルはこれでもかというほど目を見開いていた。同時に、わなわなと震え出したかと思うと、勢いよく僕の方を振り向く。

一見怒っているように見えて息を呑む。でも、ザッと歩いてきて目の前に膝をつき、僕の両肩に手を置く仕草はとても優しい。

瞬きすると、ガイゼルは怖い顔を不自然な笑顔に変えて、震える声を発した。

「チ、チビ……何でだ？　何でアイツに手作りの栞なんか……」

「……」

「お、俺には？　俺にはないのか？　何でアイツだけなんだ？　なぁ？」

血走った目がとても怖い。

発端であるディランに助けを求めようとしたが無駄だった。当のディランはこの状況に困り顔を浮かべるわけでもなく、勝ち誇ったような顔でガイゼルを見下ろしていたのだ。兄とは思えない大人げのなさである。

それにしてもどうしてガイゼルはこんなに狼狽《うろた》えているんだろう。

栞が欲しかったのかな、と考えてみるが恐らく違う。ガイゼルはインドア派のディランと比べて圧倒的にアウトドア派だ。読書なんて絶対にしない。本を読む暇があれば剣を振る、とか堂々と言う人だ。

それなら一体何故？　そう考えてハッとした。もしかして……と思い浮かぶのは、死ぬ直前のとある記憶。

『……僕も……誕生日なのに……』

家族を見て毎年のように思っていたこと。

双子の弟である優馬だけを祝って、同じ誕生日の僕のことは祝ってくれない。

まるで仲間外れにされたみたいな、片割れだけが必要とされて、自分の存在そのものを否定されたみたいなあの感覚。

「っ……！」

ドクン……と心臓が嫌な音を立てた。

そうか。ガイゼルは栞が欲しかったんじゃなくて、贈り物が欲しかったんだ。ディランが貰ったように自分にも。

双子がどれだけお互いを、自分の片割れを意識するのか僕が一番よく分かっていたのに。僕は無意識に、兄さん達と同じことをガイゼルにしてしまっていた。

どうしよう。でも栞はすぐには渡せない。作るのも花を選んだり材料を用意したり……とにかく邸に戻らないと何もできない。

でも今何もしないというのもアレだ。悲しそうなガイゼルを無視するわけにもいかない。

何か、何か栞の代わりになるもの……と考えてハッとした。そうだ、これならディランにあげたものと同じく僕の色の物だ。

「……チビ？　何を……」

「……」

肩まで伸びた後ろ髪を括っていた紐を解《ほど》く。僕の瞳の色と同じ瑠璃色の紐だ。

困惑気味のディランにウサくんを手渡し、空いた両手でガイゼルの右手を掴む。引き寄せて手首に紐を当て、ミサンガみたいに緩く括り付けた。

こんなの欲しくないだろうけど、とりあえず栞を作るまではこれで許してくれないだろうか。そんな願望を込めて恐る恐る顔を上げ、予想外のガイゼルの表情に目を丸くした。

「く、くれんのか……？　これ、俺に……？」

感極まったような顔。

青い目がキラキラとしていて一瞬見蕩れてしまったがすぐに我に返って、預けていたウサくんをディランから受け取る。

ガイゼルが手首に巻かれた紐をやけに大事そうに撫でる。目の前にウサくんをぬっと掲げると、ガイゼルは目を瞠《みは》って、息を呑んだ。

「兎の礼か……？」

「……」

「それ……そんなに気に入ったか？」

「……」

「そうか、そうか……」

泣きそうにも見える、けれど嬉しそうなふにゃりとした笑顔。湧き上がる既視感の正体は明確だ。

この笑顔には見覚えがあった。ディランに栞を渡した時の表情だ。

普段は真逆なのに、こういう時は似た者同士なのか。やっぱり双子だから、どこかで通じる部分があるんだろう。

……やっぱり二人は兄さん達に良く似てる。

「狡い……俺も欲しい……」

「お前は栞貰ったろうが」

何やら物欲しそうに、ディランが拗ねた口調で呟く。

それをバッサリ切り捨てたガイゼルは、紐を撫でて満足そうに笑う。けれどそれもディランの意味不明な発言の前では早々に崩れてしまった。

「違う。栞は確かに宝だがそれとこれとは別だ。俺もフェリの匂いが付いている物が欲しい。もしくは髪の毛とか」

「流石にキメェ！　自重しろ！」

さっきまでの淑《しと》やかな雰囲気が霧散する。

ガイゼルの乱雑な口調と大きな声、怒ったような顔が戻って何故だかほっとした。こうでないと、なんて自分でもよく分からないことを考える。

「マジでキメェよお前……チビ、お前のことは俺が守ってやるからな」

「……？」

「フェリ。フェリは俺の方が好きだろう。おいでフェリ」

「爆《は》ぜろ変態！」

ドン引きしたような顔のガイゼルにギュッと抱き締められ、双子が睨み合うのを腕の中からじっと見守る。

空気は相変わらず殺伐としているけれど、胸の内はいつのまにかほくほくした温かい感情で満たされていた。

＊＊＊

ガイゼルに紐を渡した翌々日。

見つけた！　と心の中で大きな声で叫ぶ。

ウサくんをぎゅっと抱き締め、僕は目の前に建つ小屋をじっくり眺めた。

それにしても本当に、必要なものというのはこうも突然、そしてあっさり見つかるものだ。

横から見ても裏から見ても、窓から中を覗いても。その小屋はゲームで描かれていた例の小屋そのものだった。

近くから、剣の音と騎士達の声が絶えず聞こえてくる。道理で中々見つからなかったわけだと息を吐いた。小屋は訓練場のすぐ裏にあったのだ。すぐ、と言っても少し距離を離して木々を挟んだところだけれど。

それでも、いつも探していた場所と比べれば圧倒的に近場だ。

「……」

辺りを見回してみる。今日は一昨日と違って、僕の傍には誰もいない。

今日はディランとガイゼルが授業の日なのだ。

つまり、すぐにでもミアを死なせないための『計画』を実行出来る。小屋を見つけたらいつでも始められるように、前々から計画を立てておいたのだ。

小屋の中に入ると、中には大きさの違う剪定鋏や鋸《のこぎり》、脚立や箒などの道具が置かれていた。どうやらここは庭師小屋らしい。

そして部屋の奥に視線を向けると、小さなテーブルに火のついたランタンがあった。途端に背筋が伸びる。

ゲーム通りだ。悪役フェリアルがミアを連れて小屋に訪れると置いてあった、都合よく火の灯ったランタン。フェリアルはそれを使って小屋に火を放つのだ。

そうして激しく火が燃え盛ったあと、異変に気が付いたディランが初めにやってくる。しかし火属性が覚醒したばかりのディランでは、安易に火に近付くと周囲の火と自身の魔力が繋がってしまう可能性――小屋を燃やす業火の威力をさらに高めてしまう危険性があった。

そのせいで、ディランは死んでいくミアを前に何もすることができなかったのだ。そこでディランは、自分の無力さを痛感することになる。

結局、遅れてやってきたガイゼルが水属性の魔法で小屋を鎮火。その後フェリアルの行為を目撃していたディランの話が広まったことで、この事件の全貌が明らかになる。

これこそが、悪役と双子の間に大きな亀裂を生むきっかけとなった事件だ。ゲーム内における最初のターニングポイントといえるだろう。

「……、……」

不自然な動悸が起こり、呼吸が浅くなる。小屋をじっと眺めれば眺める程、回想シーンが、まるで実際に経験した記憶のように強く蘇って苦しくなってきた。

眩暈《めまい》がして咄嗟に蹲《うずくま》った時、腕の中のウサくんに気付いてハッとする。

しまった、今計画を実行してしまえばウサくんを巻き込んでしまう。この『計画』では自分の無事も怪しいのだ、ウサくんは絶対に火から逃れられない。

今日ばかりは連れてくるべきじゃなかった。けどまさか今日小屋を見つけるなんて思っていなかったし……いや、考えても仕方ない。とにかくウサくんは小屋から離れた場所に置いてこないと。

そう判断し、手に取っていたランタンをテーブルに戻して小屋を出た。

＊＊＊

「おいガイゼル、まだ終わらないのか」

退屈そうに素振りしていたディランが俺に向かって呟いた。不機嫌な感情があからさまに顔に出ている。

剣術が嫌いなディランにとっては、この時間はまさに無駄な時間といえるのだろう。俺からすれば魔術の授業の方が無駄だと思うが。

一々頭を使って術を展開するなんて無駄にも程がある。戦闘は遊びじゃねぇんだ、敵だって待ってくれない。細かいことを考えてる暇があるなら攻撃しろっつーの。

「集中しろよディラン。マジメにやんねぇといつまで経っても終わんねぇぞ」

「……黙れ脳筋。近接戦は確実性がない、一度でもミスすれば死ぬ。遠距離から安全且つ確実な戦術で敵を屠《ほふ》る魔術に比べて明らかに稚拙だ。故に剣術は好かない」

「アホかお前。正面から敵をぶっ飛ばす剣術に確実性がないわけねぇだろ。魔術は遠くからねちねち攻撃するだけじゃねぇか、んなもん敵に逃げろって言ってるようなモンだぞ」

「まぁまぁお二人とも」

素振りをしながら言い争う俺とディランの間に、茶髪を靡《なび》かせたやけに爽やかな騎士が割り込んだ。

名前はサミュエルとか言ったか。一応剣術の教師だがコイツ自身に興味はない。

公爵家が抱えるエーデルス騎士団の副団長らしいが、いつも締まりのない表情をしていて威圧感の欠片《かけら》も感じない。初めの頃はこんなのが副団長で良いのかと思ったものだが、授業を通して察した。

コイツは実戦で変貌するタイプだ。ヘラヘラしてるが本気になると雰囲気が変わる。

素振りを止めて仏頂面を浮かべるディランに、サミュエルは相変わらず締まりのない笑顔で語り掛ける。

「まぁ確かにディラン様は、並の騎士達相手なら余裕で薙《な》ぎ倒せる実力をお持ちです。これ以上剣術を学ばなくてもそれなりの敵は跳ね除けることが出来るでしょう」

「……それなら」

「それなりの、ですよディラン様。考えてみてください。それなり以上の敵が仮にフェリアル様を襲ったとして、今のディラン様の実力では手も足も出ないってことです」

その言葉にディランがハッとする。縁起でもない例えに俺も身体が強張った。

サミュエルが膝をついてディランと視線を合わせる。浮かぶ微笑みはさっきまでのヘラヘラしたものじゃなかった。

「こうお考えではありませんか？　剣術ができなくても魔術がある。剣がダメなら魔術で撃退すればいい」

「っ……」

「良いですかディラン様。戦闘は常にその時の状況に左右されます。相手が魔力無効化を持った特殊な敵だったら？　剣しか使えない状況だったら？　いや、もしかしたら剣すら使えないかもしれません。どれだけ実力が優れていても、その実力を発揮する機会を封じられてしまえば無能と変わりませんよ」

流れるように無機質に語るその姿が、言葉の信憑性を高めている。実際にサミュエルは陥ったことがあるんだろう。剣しか使えない状況、剣すら使えない状況に。

「……守りたければ万能になれ、ということか」

呟くように問い掛けるディランにサミュエルが微笑む。

つまり、そういうことなんだろう。

万能になれだなんて無理難題だが、それすら放棄して諦めるようじゃ守りたいものも守れない。

つまり、万能になる前に必要なのは迷うことすらない信念の強さだ。

簡単なことだ。少し考えればガキでも分かる。ただ、理解と納得が難しいだけで。

ディランが剣の柄を握り締める。俯く姿にいつもの飄々としたウザったさはなくて、見てるこっちが妙な違和感に苛《さいな》まれる。

やがて動き出したディランは「疲れた。少し休む」と吐き捨てて訓練場を離れていった。

サミュエルを見上げるが特に引き留める様子はない。

俺はちらりと視線をサミュエルに向けた。

「……さっきの、俺にも言ってたろ」

「あ、ちゃんと伝わってましたか。よかったよかった」

パッと浮かぶヘラヘラした笑みに苛立ちが湧く。掴みどころのない奴は嫌いだ。ただ話すだけでも腹の探り合いで面倒にも程がある。

すると、困ったように笑ったサミュエルが淡々と呟いた。

「ちなみに知ってました？　理性や性格って、持っている魔法属性に影響されやすいんです。例えば……内側に情熱を秘める火属性なんかは特に」

独り言のように零されたそれを、本当に独り言にするか、応えるかで随分迷った。たぶんサミュエルはこういうことを言ってるんだろう。ディランはこういう時、きっと迷ったりしない。

興味がなければそもそも聞かず、腑に落ちなければ真っ向から言い返す。アイツはそういう奴だ。大半のことに興味がなく無表情を貫いているから傍《はた》からだと理性的な人間に見えるというだけで、ディランは案外と感情的だ。

それを真っ向から指摘するコイツも中々面倒くさい人間だ。聞いてないアピールで溜め息でも吐いてやろうか、なんて適当なことを考えた時。ふいにサミュエルが訝しげに振り向いた。

「……何だか、焦げ臭いですね」

その言葉を聞いて辺りに集中する。本当だ、確かに少し焦げ臭い。

どこかで火でも焚いてるのか？　振り返り、初めに見えたのはこれでもかと目を見開くサミュエルだった。

「あれはっ……！」

視線を追う。視界に映ったそれに息を呑んだ。

訓練場から少し離れた木々の中。あっちは確か、庭師小屋がある方向だ。

ちょうど小屋の辺りから空に向かって激しく燃え上がる赤。それは酷く深い激情を纏った、ディランの炎だった。

【ひとことめ】（ディランＳｉｄｅ）

ある時、庭園のベンチでうたた寝をしたことがある。

剣術と魔術の授業が連日続き、知らず知らずのうちに身体は疲弊していたらしい。普段は読まない童話を読んだせいか、そのとき妙な夢を見た。

眠る直前まで読んでいたのは、奇怪な国に迷い込んだ少女の物語。夢の中ではその少女がフェリになり、フェリは俺を連れて見たこともない国へ迷い込んでいた。いや、意図的に飛び込んだの間違いかもしれない。

その夢で、フェリはよく笑いよく喋った。自由に花畑を走り回り、菓子でできた家を好きなだけ食べ尽くす。おおよそフェリらしくないその姿は、けれど心底愛おしかった。

夢は見る人間の願望を映すという。

俺はそれが夢だと分かっていた。何故なら、それは俺の願望そのものだったからだ。

現実世界で、俺の願望が叶ったことはない。つまり、理想郷のような世界は何もかもが総じて夢なのだ。それを完全に悟った時、理想郷は跡形もなく崩れ去ってしまった。

夢を夢として認識してはいけない。そうは理解していても、偽物を本物だと自らに言い聞かせることはできなかった。だって、願望の中のフェリはフェリじゃない。俺が俺のために作り上げた紛い物だ。

目が覚めると、そこは見慣れた庭園だった。

奇怪な国も菓子の家も、どこまでも続く花畑もそこにはなかった。だが、落胆はしなかった。

隣で小さな寝息を立てて、控えめにこちらに凭れる温もりに気付いたから。それはただ温かくて、儚くて、酷く愛おしい温もりだった。

『……フェリ』

思わず零れた声は掠れている。小声だったからか、フェリが起きることはなかった。

季節は秋。少し肌寒い今日、外で無防備に眠っている俺を心配してくれたのか。はたまたただ自分が寒かったから、温もりを求めて隣に潜り込んだだけなのか。

あの時のフェリの真意は今でも分からない。きっとこれからも分からないままだ。

言葉も感情も口にしないフェリの本心は、フェリ自身にしか分からない。

けれどそれでいい。何も分からないままでいい。ずっとこのままで構わない。

理想は夢で叶えられるし、幸福は常に現実にある。だから、俺の日常は変わらないままでいいのだ。

フェリが隣に居てくれるなら、それ以外はどうでもいい。

生まれついた頃から、俺の内側には苛烈な業火が秘められていると知っていた。けれど、それは常に内側にあって、外側は酷く冷めているように見えるらしい。それに外側から見えるほど内側の業火が強く反応する程の衝撃に出会ったことはなかった。そしてこれからも、そんなものに出会うことはないのだと、幼い俺は思い込んでいた。

しかし、七つになって少しの頃。

それは突如現れ、俺の全てを囲いこんでしまった。

『フェリアル』

幸福、という意味を持つ名の弟。

相応しいと思った。これ程までに幸福という言葉が似合う人間は他に居ない。

淡いプラチナブロンドの髪に、瑠璃色の大きな瞳。宝石のように輝いているのに、その瞳にはどこか光がない。まるで諦観したような、絶望したような瞳がやけに気にかかった。

これ程までに惹かれたのは、その小さな弟に自分と同じものを感じたからだろうか。誰にも理解されないであろう俺の胸に宿る苛烈さを、まだ世のことを何も知らない小さな弟だけは、分かってくれているような気がした。

フェリは何も話さない。決して笑わない。

常に一線を引いて、血の繋がった家族にも冷めた視線を向け、まるで敵と接するように信用は見せない。

いつだって、見えない何かと戦っているような危うさがフェリにはあった。まるで此処ではないどこか、もしくは存在すらしない何かと。

お前の敵は此処には居ない。此処にはお前の味方しかいないのだと、そう伝えたいのに伝わらない。

俺達の存在はフェリの眼中にすらない。フェリには味方が見えていない。

しばらく足掻いて、それから気が付いた。

俺はフェリがフェリらしく過ごせれば良いだけだ。別にガイゼルが言うような関係の進展は望んでいない。フェリがこの先ずっと俺を敵と認識するならそれはそれで構わないし、存在しない敵に屈服するならするでフェリの選択なら何でもいい。

ただ、俺はそうやって自由に生きるフェリを守りたいのだ。

だから、フェリを変えるのではなく、俺が変わればいい。

何事にも興味を示せない退屈な日々の中、俺にとっての最初で最後の希望。

俺を理解してくれるたったひとり。唯一無二。

それを守るためなら何だってする。何だって出来ていたつもりだった。けれど結局、俺は自信過剰な未熟者でしかなかった。

あらゆる最悪を想像出来ていなかった。あの胡散臭い騎士に言われるまで、自ら気付くことすらできなかった。

——簡単なことだ。

守りたいものがあるなら、信念があるなら特に、俺は迷わず、何だってやる必要があった。

そしてその例は、既に身近に存在していた。フェリだ。フェリは俺が知る中で最も迷いがない。迷いがない人間は躊躇しない。

フェリはきっと、一度覚悟を決めてしまえば、自分自身を消し去ることも容易に出来る。

信念に忠実なのだ。

いや、信念というよりは……フェリの中にのみ存在する絶対的な概念と言うべきか。忠実というより、囚われていると言うべきか……

そんなことを考えながら、纏まらない思考を整理するために訓練場を抜け、木々の間をぼんやりと進んだ先。

「……フェリ？」

「――……」

「そこで……何をしているんだ？」

鬱蒼とした緑に隠れるようにあった小屋の前で、何やら愕然とした様子で立ち尽くすフェリを見付けた。

フェリは有り得ないとでも言うような、そんな表情を浮かべている。

不意に違和感が湧いた。フェリが兎のぬいぐるみを抱いていない。散歩の時は必ず抱えているのに、今日は珍しく一緒ではないらしい。

話し掛けても反応がないのはいつものことだが、それにしても無反応が過ぎる。何かあったのかと心配になり、今一度呼び掛けながら近寄ったその時。

「……っ？」

視界の端で赤が揺れた。何の光だと振り向き、目を見開く。

小屋の窓から覗く、恐らく燃え始めたばかりと思われる小さな炎。だが、きっとすぐにでも勢いを増すであろう、業火の予兆だ。

原因は分からないが、とにかく火事が起きたらしい。慌てて振り返り、フェリをこの場から離さなければと手を伸ばす。

「フェリ！　危険だ、早くこっちに――」

言葉が最後まで紡がれることはなかった。

立ち尽くしていたフェリが突然走り出したからだ。それも……火の海が広がる小屋の中へ。

「っ……は……？」

理解が遅れたのはほんの一瞬。

火の海に飛び込んだ後ろ姿が脳裏に焼き付いて、その瞬間が何度も頭の中で繰り返されて。状況を完全に把握してからは、躊躇なんてものはなくなっていた。

あの中へ俺も行かなければ。

混乱する思考で出した結論は、至極単純だった。走り出した直後、目の前に突如見慣れた精霊が現れる。

今は猫の姿をしている使い魔のミアだ。ミアは使い魔の分際で道を塞ぎ、あろうことか俺を囲むように結界を展開した。

「ッ、そこを退け!!」

「落ち着くみゃご主人様！　近付いちゃダメですみゃ！」

――近付くなだと？

この状況でとんだ戯言を吐くものだ。

フェリが業火に飛び込んだというのに。今この瞬間にも、灼熱の中で苦しんでいるかもしれないというのに。

冷静な思考なんて元からない。所詮フェリが関われば使い物にならない頭だ、無駄なことを考えている暇などない。

俺に出来ることはフェリを追って救い出すことだけだ。

そうだというのに、ミアは一向に退《ど》く気配を見せない。

面倒だ。いっその事、この使い魔を消滅させてしまおうか。コレの命は主人である俺が握っている。消そうと思えばいつでも消せる。

そう思い主従契約を破棄しようとしたその時、ミアは焦ったような顔で口を開いた。

「待て待て待つみゃ！　考えてみろだみゃ！　ご主人様はまだ最終覚醒をしてないんだみゃ！　火属性が身体に馴染んでないんですみゃ！」

「だから何だ！」

「みゃぁぁーもう！　魔力が未熟な二次覚醒の状態で火に近付けば大変なことになる可能性大ですみゃ！　ぶっちゃけご主人様に出来ることは何もないんですみゃー！」

叫ぶようにまくし立てられたそれに、体内で荒ぶっていた魔力が一瞬で冷めた。

こんな時だというのに、ついさっきあの騎士から告げられた言葉を鮮明に思い出す。

――どれだけ特定の分野の実力が優れていても、その実力を発揮する機会を封じられてしまえば無能と変わらない。

俺には魔力しかなかった。こんな場面では剣も役に立たないし、あったとしても意味がない。必要なのは剣でも魔術でもなく、あの火の海に飛び込むという単純な行動のみだ。

だが今、俺にはそれができない。それすらできない。

身体と魔力が完全に馴染んでいない二次覚醒の状態では、稀《まれ》に自身の魔力と自然の魔力が繋がることがある。繋がった魔力は爆発的な威力を生みやすい。火属性なんかは特に、その過程での事故が多発しやすい属性だった。

最終覚醒をすれば身体と魔力が完全に馴染むため、他の魔力と繋がることは万一にもなくなる。

つまり、最終覚醒をしていない今の俺があの火に近付けば、魔力が今の炎を誘爆してフェリを助けるどころか最悪の結果すら招いてしまう可能性があるということ。

「……じゃあ……フェリは……」

思わず想像してしまったのは、考えるだけでもゾッとする結末。

今から助けを呼びに戻ることはできない。この瞬間にも火は激しく勢いを増している。今でないとフェリを救えない、それだけは確かだ。

救える距離なのに。手が届く距離なのに。今ここから走り出せば十分間に合う。絶対守れる。それなのに。

湧き上がる絶望の正体は、圧倒的な無力感だ。

「――……」

守るには、万能になるしかない。

万能な人間というのは、迷わない者のことをいう。躊躇しない者のことをいう。

そして、信念のためなら容易く全てを投げ出せる人間、自分さえも捨てられる人間だ。

それはまさに、フェリのように。

「ご主人様⁉　何する気だみゃ……⁉」

視界が霞む。小煩い使い魔の声が遠ざかる。最後に聞こえたのは「まさか……！」という愕然とした声だった。

真っ白な視界が、真っ赤に染まる。

激しい炎は音を立てながら、目の前の小屋をも巻き込む程広範囲に広がった。俺の内側から燃え上がった炎は小屋を包んでいた業火すら取り込んで、さらに燃え広がった。

結界は容易く崩れ、ミアが魔力の圧に耐え切れず姿を消したのを視界の端で見る。

内側に秘めていた苛烈な熱が抑えを失い暴走する。心臓から熾烈な炎が燃え上がり、身体を突き破って外側へと出ていくような感覚に襲われる。

心臓も身体も全て熱されるようなそんな激痛が、霞む意識の中長い間続いたように思えた。

このまま心臓も骨も肉片すら残さず、灰になるまで燃え尽きてしまうのかもしれない。

そんなことを淡々と思考した瞬間──

炎を纏ってから、一体どれほどの時間が経ったのか。いつの間にか腕の中に収まっていた小さなそれが、ふいに微かに動く。火を纏う俺の身体をぎゅっと抱き締めると、それはふいに掠れた声を発した。

「──でぃ……らん」

聞いたことのない、だがよく知っているような不思議な声音。

随分待ち侘びていたものがようやく訪れたような、そんな感覚の後。

周囲を取り囲んでいた激しい炎は、まるで波が引くように静かに燃え尽きた。

＊＊＊

ウサくんは巻き込まれない場所に置いてきたし、後は中に入ってランタンを割るだけ。火事を起こして、僕がミアの代わりにここで焼かれる運命を担う。そういう計画だった。

僕はこの世界の悪役だから、きっと今日死ぬことはない。そんな自信があったから、この計画を考えた時も迷いなんてなかった。

僕が絶対的な悪役でいる限り、僕の死の運命が実行されるのは今日じゃない。何故ならゲームの結末には、僕の存在が必要不可欠だからだ。だから、ミアの代わりに火事の犠牲になったとしても、死にはしない。

物語を進めるためには、要はディランの回想シーンに相応しいトラウマとなる火事を起こせばいいのだ。

ゲーム通りなら、僕が火を放てば最初にディランがやってくる。その時、火事に巻き込まれる弟を間近で見たとすれば？

それはきっとゲームのシナリオに匹敵するトラウマとなるはず。

もしも火事に巻き込まれたのが僕であることに何も思わなかったとしても、人が火に巻き込まれているという事実は少なからず精神を害するに違いない。

今回の計画のことを考えながら、ウサくんを訓練場近くの木の根元に置き、小屋へ戻ってすぐ。

一瞬窓から覗いたその赤に、僕はピタリと足を止めた。

「……？」

小屋まであと数歩というところ。

窓からちらりと覗いたそれに、そんなまさかと目を見開いた。

おかしい。だって僕はまだランタンを割っていない。火を放っていない。それなのに、どうして。

——どうしてもう、炎が上がっているんだ。

「っ……！」

理解が追い付かない。けれど呆然とする身体とは裏腹に、思考は驚くほど冷静に回り続けていた。

次々と浮かぶ仮説。僕は火を放っていない、それなら誰が？　いや、きっと誰でもない。

これは運命だ。運命の仕業だ。

僕が小屋に足を踏み入れた時、その時既にゲームのフラグが立ったんだ。僕が一から十まで全てを行う必要があったんじゃない。僕が一を行えば、世界は勝手に十まで進めてしまうのだ。

それがフラグというもので、立ててしまえばシナリオは最後まで進む。次のフラグ地点まで止まることなく。

だとすれば、次に起こる展開は……

「フェリ？　そこで……何をしているんだ？」

すぐ近くの草木が揺れる。静かに現れたその人物はディランだった。案の定の展開に背筋が凍る。

僕が小屋に入り、火事が起こり、タイミングよくディランが現れる。全てシナリオ通りだ。

まるで小さなズレは世界そのものが調整しているような、そんな不気味な感覚に胸騒ぎがする。

そう、全てはシナリオ通りに……――

「……っ！」

時が止まったような、そんな衝撃が走った後の嫌な予感。

まさか、と小屋を振り返る。全てがシナリオ通りなら、今この運命は、ディランのトラウマを創り出す役目は、一体誰が担っているんだ……？

脳裏に過ぎ去る記憶。ここ最近見続けていた悪夢が、まるで現実のことのように蘇る。

燃え上がる炎。焼き尽くされる小屋。悲痛な猫の鳴き声に、無力を突き付けられ絶望する少年の後ろ姿。そして、その光景を色のない瞳で眺める悪役。

現実のことのようにじゃない。あの悪夢は現実だ。勿論ゲームのシナリオも。今この場には、この事件の全ての役者が揃っているんだ。

つまり、小屋の中には今……

「フェリ！　————！」

ディランが何やら焦ったように叫ぶが、何を叫んでいたのか聞き取ることはできなかった。

行かなきゃ。咄嗟に思ったのはそれだけで、後は身体が先に動いた。

小屋に向かって走り出し、炎の中に勢いよく飛び込む。幸いまだ火は大きくない。これなら死ぬことはないだろう。

小物が散乱する屋内を、身を縮めながら屈んで進む。テーブルの下と棚の裏。

『ミア』が居そうな場所をひたすら探した。

「っ……、……？」

おかしい。何かがおかしい。不意にそう思ったのは、小屋に入って数十秒後。

シナリオが進んでいて、回想シーンのための事件が始まっているのなら、必ずミアが巻き込まれていると思った。

僕が目を離した隙に始まったのなら尚更だ。強制力はミアの運命を無理やり始めたはずだと、そう思った。やっぱり運命を代行することはできないのだろうと。

けれど、小屋は狭い。たとえ小さな猫だって、数秒探せば影くらいは見つかるはず。それなのに、この状況で鳴き声ひとつ聞こえない。

ゲームでは、ディランが『ミアの悲痛な鳴き声を今でも思い出す』と語っていた。ミアは最期まで鳴いていたはずだ。哀れな運命に、悪役への憎悪に。

まさかもう死んでしまっている……？

最悪の結末を予想したが、そんなはずはない。まだ火事は起きたばかりだ。最期には早すぎる。

それなら、それなら……

まさか、ここにミアはいない……？

「――……」

そこまで思考が行きついて、身体から力が抜ける。小さく燃え上がっていた炎は、いつの間にか出口を完全に塞ぐほどの業火に変わっていた。

最早一歩も動くことはできないし、四方が炎に囲まれ逃げ場はない。けれど焦りや不安は微塵もなかった。

むしろ、僕は今酷く安堵している。ほっとしている。

涙が出そうなほどの安堵だ。その場に蹲《うずくま》って俯き、よかったと、震える身体を両腕で抱き締めた。ミアはここにはいない。その事実が何より救いだった。

身体が熱い。焼け焦げてしまいそうなくらいの激痛が辛い。それでも、やっぱり安堵の方が強かった。

数ミリ先まで炎は迫っている。最早運命だとか、死にはしないとか、そんな悠長なことを言っていられないことは確かだ。

この火が届けば、きっと僕は死ぬ。

「……」

ようやく目が覚めたような気がした。

これは現実なんだ。そんなことをふと思った。確かに強制力はあるのかも、シナリオは決まっているのかも。それでも、ここが現実であることもまた事実。

死の運命なんていつでも変わるのかもしれない。事実今、僕は死にそうだ。シナリオ関係なく、死ぬ時は死ぬのだ。死ぬはずだったミアが生きているように、生きられるのなら生きるのだ。

ゲームと現実は共存している。だからこそ、運命は変わる時がある。今のように。

運命の代行なんか要らなかったんだ。状況が変わった時、運命もまた勝手に変わるのだから。なんだ……世界はこんなに単純だったのか。

こんなのもうゲームじゃない。

状況が変われば運命も変わるだなんて、そんなのただの現実じゃないか。

「――……ぁ……」

喉の奥が開くような感覚。声が出る、そう思った直後、炎が左腕に触れた。

激痛が走る。でも、その痛みはすぐに引いた。何も感じなくなった、と言うべきか。

あぁこれが僕の運命か、なんて無意識に頬が緩む。どうしてこんなに心が凪いでいるのか、僕自身にもよく分からなかった。

そうして、僕の身体が炎に全て呑まれると同時、もしくは本当に直前――

小屋の火は、突如小屋を吹き飛ばして現れた、別の炎に掻き消された。

「っ……？」

強風が吹き荒れ、真っ赤な炎に身を包まれる。けれど、ほんの少しの優しい温もりを感じるだけで、感覚が麻痺するような熱さも痛みもない。

この優しい温もりを僕は知っている。まさかと思い振り返ると、そこには炎を纏って苦しげに歩み寄ってくるディランが居た。

自分が動いているという自覚すらなさそうだ。けれどその足は確実にこちらに向かってきている。

無意識でも僕を救おうとしてくれるのかと胸がぎゅっとなった。

もはやディランに嫌われているだなんて思うことはできなかった。

「――フェリ」

「っ……！」

苦痛に塗れた声。不安の滲む声。

その姿に、この荒ぶる炎が何なのか、ディランが何故苦しんでいるのかを察した。

ディランは強制的に最終覚醒をしたんだろう。ゲームでは、火に近付くことすらできなかったディランがこうして炎を退けていることがその証拠だ。

魔力の二次、最終覚醒は成長の過程に自然と起きるものだ。成長痛や声変わりみたいに、ある時突然、そして自然に起きて、自らの魔法属性を従えることが出来るようになる。

いっぽう、強制的に最終覚醒をしてしまえば、身体に大きな負荷をかけることになる。最悪の場合、負荷に耐え切れず身体が壊れてしまうこともある。

だというのに、ディランはその危険性を知って尚、無理やり覚醒したのだ。だから意識を失ってなお、炎の中で平気でいる。

恐らくは僕を救うため、ただそれだけのために。

一歩一歩確実に近付いてくるその姿を見ると、力の抜けていた身体が自然と動く。

僕は立ち上がり、一直線に走り出してその身体に抱き着いた。

同時にディランが膝をつく。僕はディランを纏う炎ごとぎゅっと抱き締め、覚醒したばかりの魔力に囚われているように見える彼を呼び戻すために深く息を吸った。

今のディランは何も見えていないだろう。

直接呼び戻すしかない。この声で、ディランの耳に届くように、直接。

吸った分の息を吐き出すように、喉の奥からありったけの声を絞り出した。

「でぃ……らん……」

生まれてから嗚咽以外で声を発したことがないからか、それは酷く掠れた小さなものだった。耳を澄ましていなければ絶対に聞こえないくらい。

これじゃあ届かないかもしれない。

そう思った直後、その不安は消え去った。荒ぶった炎が呼び掛けに応えるように燃え尽きたのだ。

小屋の壁も、小屋を中心とする辺り一帯の木々も全部なくなっている。焼け野原、というよりはまだ穏やかだが、当分植物は育たなそうな状態になっていた。

そんな何もない場所の真ん中で、ディランを強く抱き締める。顔を上げると同時に、頬に何やら冷たいものが降ってきた。

一瞬雨だろうかと空を見上げかけて、けれどディランの顔を見てやめた。冷たいそれは雨ではなく、ディランの瞳から伝った涙だったのだ。

僕を見下ろし呆然と固まるその姿に、もう一度小さく呼びかける。

「でぃ、らん……でぃらん……？」

「っ……!!」

舌が回らない。舌足らずなそれはまるで生まれたばかりの幼子みたいで、何だか少し恥ずかしかった。

ディラン、と何度目かの呼びかけをする。大きく目を瞠《みは》ったディランは、泣き顔をらしくなく歪めながら強く抱き締め返してきた。

「……もう、一回」

「……？　でぃ、らん……？」

「っ……あぁ……」

背中に回る腕が震えている。雫が頬にぽたぽたと降ってくるけれど、それを拭うことはしなかった。代わりに抱き締める力をさらに強める。

やがてディランは零していた嗚咽を無理やり引っ込めて、その顔に泣き笑いみたいなふにゃりとした笑みを浮かべた。

第三章　出会う

ディランの魔力暴走が収まり、その安堵で意識を失ったところまでは覚えている。

ただでさえ深い業火の中に居たのだ。きっと火傷やら何やらが大変なことになっているんだろうなと覚悟していたが、目が覚めて確認した身体には、大きな傷は一つも残っていなかった。

「……？」

おかしいな、と着せられていた清潔なシャツを捲る。目立った傷は左腕にある爛《ただ》れた火傷痕だけで、他に傷はなかった。

ゲームを見る限り、この世界の医療は火傷を全て治せるほどには発達していなかったはず。あの激痛を思い出す限り、僕の身体はとんでもなく……グロテスクな感じになっていると思っていたけど。

「……」

そういえば、ここは一体どこだろう。今更ながら気付いて辺りを見渡す。

真っ白な壁と天井の室内に、ひとつだけポツンと置かれたこれまた真っ白なベッドの上。僕はそのベッドの真ん中に寝かされていた。雰囲気だけ見れば、まるで病室のような作りの部屋だ。

気を失った僕はさながら死人に見えただろうな、なんて冷静に考えてしまった。

シーツを雑に剥いでベッドから下りて、状況把握のために扉へ向かう。

とりあえず部屋から出て、この場所がどこなのか確認しないと。

近くに人の気配は感じない。部屋には僕一人だし、誰か来るまで待ち続けるのも不安だ。何より、早くディランの無事を確認したかった。それに……公爵夫妻やガイゼルにも会いたいし。

「……あ、の……」

廊下に出て控えめに声を上げる。どうやら声はもう問題なく出るらしい。

と言っても発言に関しては産声《うぶごえ》も経験していない状態だから、意味のある言葉を発するだけで精一杯だ。どうしても舌足らずになってしまうから、長文を紡ぐのはまだ無理そう。人に会ったら此処がどこか聞こうと思っていたけど、これじゃあ伝わるかどうか……

なんて、胸中を支配していた不安はあっさり消えた。

廊下を出て外に続く大きなガラス張りの扉を抜けた時、僕はこの場所がどこなのかを察してしまったから。

「……ここ……」

見覚えがある、なんて次元じゃない。この場所には見覚えがありすぎる。

振り返って建物の全容を確認する。やっぱりかと肩を落とした。純白に包まれたこの神秘的な建物を、僕は嫌というほど知っている。

ここは、ゲームのメイン舞台だ。

主人公が聖者として覚醒したストーリー序盤、最初に訪れる場所。そして一人目の攻略対象者と出会うことになる場所。

聖者がというよりは、光属性を覚醒させた人間が来る場所……帝都の大神殿だ。

「――……君、何故ここに居るのですか」

では僕はどうして神殿に……？

そんな疑問が浮かんだ途端、まるで心を読んだかのような問いが突然背後から掛けられてぎょっとした。

慌てて振り返った先の庭園から一人の少年が静かに歩いてくる。年齢はディランやガイゼルと同じくらいだろうか。一目で高貴な身分の人だと分かるほど、不思議な威厳を纏っていた。

「ここは立ち入り禁止ですよ」

「……ぁ……うぁ……あの……」

だんだんと近付いてくる少年に不安が募る。

震える身体を懸命に支え、とにかく倒れないようにと足を踏ん張る。ずっと公爵家の人間とだけ関わっていたから気付かなかった、どうやら僕の身体は他人に恐怖を抱くらしい。

「うん……？　君、まだ幼いですね。ご両親はどうしました？」

少年は身を縮こまらせる僕の正面に立つと、声音を穏やかなものに変えた。

相手がまだ物事の理解も追い付かない年齢の幼子であることに、抱いていた警戒を緩めたのだろうか。中身は幼子じゃないけど……何にせよ助かった。

少年はおもむろにしゃがみ込み、震える僕に目線を合わせる。

至近距離で彼の顔を見て、僕は目を見開いた。子供だというのに妖艶な印象を受ける端正な顔立ち。これは双子に劣らない美形かもしれない。

少年の方も、僕を見て何かを理解したように頷く。

「その火傷痕……先程火災で怪我をした兄弟が運ばれたと聞いていましたが、君でしたか」

兄弟……やっぱりディランもここに居るんだ。

痛ましそうな表情で僕の左腕の傷を見下ろした少年が慰めるように僕の頭を撫でた。どうやら僕の震えを火事の恐怖がまだ癒えていないからだと誤解したらしい。

説明も面倒だし、誤解してくれるならそのままでいいかと素直に温もりを受け入れる。どことなくディランに似た撫で方をしてくるからだろうか、少年への警戒心が徐々に緩んでしまう。

彼なら大丈夫かもしれない。大人はどんな腹の内をしているか分からないけれど、子供の彼なら不安は少ない。声が震えないうちに口を開いた。

「あの……」

「ん、どうしました？」

優しい微笑み。知らず知らずのうちに心が絆《ほだ》されるような、ある意味危険な笑顔だ。

「けが、ない……なってる……なんで……？」

最後まで紡いだ直後、あまりのもどかしさに大声で叫びたくなった。言いたいことと全然違う言葉が飛び出してしまう。

こんなの絶対伝わらない、と項垂れそうになった時、ぱちぱちと目を瞬いた少年が「あぁ、なるほど」と頼もしげに頷いた。

「怪我をしたはずなのに傷がなくなっていることが不思議、と言いたいのですね」

「……！　うん、うん」

凄まじい翻訳術だ。頭の回転が速いんだろうなと感心しつつ、少年の翻訳にこくこく頷く。

ここで出会えたのが頭の良い彼で本当によかった。言葉がきちんと伝わるこの少年じゃなかったら、僕は今頃ただの不審者だ。

ほっと胸を撫で下ろす僕を、少年は何故かやけに熱っぽい瞳で見つめている。

「……可愛らしい」という呟きになるほどと納得する。ゲームではフェリアルが美形として描かれていたし、その美的感覚は現実でも変わらないのだろう。僕からすれば、この少年の方が浮世離れした絶世の美形だと思うけれど。

そんなことを考えながらぽーっと美形に見蕩れていると、少年は緩んでいた表情を不意に完璧な笑顔に戻して答えた。

「傷は光属性の治癒魔法で治療したのでしょう。医師では治せない怪我でも大抵、治癒魔法で治すことが出来ますから」

「ちゆ……？　せいじゃ？」

治癒魔法と言われて真っ先に思い浮かぶのは聖者の存在だ。ゲームでは、聖者があらゆる病も傷も全てを治癒出来る崇高な人間として描かれていた。

治癒魔法を扱えるのは光属性の人間のみだ。そして光属性を持つ者は神殿に属し、神官となるのが基本。つまり治癒魔法を使える人間は神殿にしか存在しない。

そうか、だから僕とディランは神殿に運ばれたんだ。医師では治療できない怪我があったから。

それは言い換えてしまえば、神官に頼らざるを得ないほど僕たちの傷が深かったという証拠。邸に戻ったら皆にきちんと謝らないと……

眉根を下げる僕の頭を撫でると、少年はくすくす笑った。

「聖者は居ませんよ、ここ百年ずっと。治癒魔法は一介の神官でも扱えます。まぁ……聖者の治癒精度には大きく劣るでしょうけれど」

「おとる……？　うで、なおらない？」

「あぁ、悲しそうな顔をしないで……大丈夫、治りますよ」

腕を見せてくれますか、と柔らかい口調で促される。

何をするつもりだろうと不安に思いながらも、優しい声音に心が絆《ほだ》され、左腕を差し出した。爛《ただ》れた皮膚を見下ろすと、少年はその部分に手を当てて何やら目を瞑《つむ》る。

それから呼吸と見紛う程小さな声で、少年が呪文のような何かを唱えた。

少年の手と僕の腕の間に銀色の魔法陣が浮かび上がり、強く光を発する。

あまりの眩しさに閉じた目を恐る恐る開くと、ついさっきまで爛《ただ》れていたはずの左腕は、傷一つない真っ白な肌に戻っていた。

ハッと息を呑む僕を見つめると、少年は穏やかに笑みを零す。

「ふふ、大丈夫だと言ったでしょう？」

「すごい……ありがと、ありがと」

お礼にぎゅっと抱き着くと、少年は驚いたようにピタリと固まってしまった。

あれ……ダメだったかな、感謝を伝えるにはハグが一番だと思ったんだけれど。

不安になって離れようとしたけど、それはできなかった。いつの間にか背中に回っていた彼の腕に強く力が込められたから。

ぎゅうっと抱き締められたかと思えば、頭上からスンスンと何かを嗅ぐような音が聞こえてきた。

何を嗅いでいるんだろう……

どうすることも出来ず腕の中にじっと収まっていると、不意に少年が感極まったような吐息を零した。

「……あぁ……なんて甘い匂い……ようやく見つけた……」

「うむ？　なぁに？」

「ふふ……何でもありませんよ、可愛い人」

今はね、と意味深な呟きをする少年。彼は首を傾げる僕を抱き上げると、額にチュッとキスをして満足げに微笑んだ。

突然の口付けにあわあわとする僕を見下ろし、少年は含みのある声音で問いかけてくる。

「可愛い人、お名前を教えていただけませんか？」

「うん……？　うん、ふぇりある」

「フェリアル……あぁ、なるほど。私のことはどうかレオとお呼びください、フェリ」

僕が公爵家の人間であることに気付いたらしい。けれどそんな素振りは微塵も見せず、少年……

レオは親しみを込めた瞳で頷いてみせた。

僕の素性を知って尚堂々とした態度を崩さないくらいだから、きっと彼は公爵家と同格……もしくはそれ以上の地位に立つ人間なんだろう。

そう考えてふと思い出す。

今の今までその美貌に気を取られて気付かなかったけれど、よく見ると彼の髪や瞳は見覚えのある色をしていた。

それに、この敬語口調も。仮面のような笑顔もレオという愛称も、公爵家以上の地位であるということも。

まるで小さなピースが全て嵌ったような――

「フェリ。私、先程君の怪我を治しましたよね」

「……うん、なおした」

「それなら……お返しを望んでもいいですか？」

襟足の長いウェーブがかった月白色の髪に、翠《みどり》色の瞳。

そして何より、初めから全てを策謀して行動する狡猾さ。甘い美貌の裏に黒い本性を隠し持つ人物。

僕は彼を知っている。

「私のお友達になってください」

さっきまでは天使のように見えていた柔《やわ》い笑顔も、全てに気付いた今となっては悪魔の微笑に見えてくる。

どんなことを企んでいるのかと勘繰ってしまう。彼は悪役《フェリアル》の最大の敵だ。

正真正銘ゲームのメインキャラ。パッケージでも最前を務める攻略対象者の筆頭。

どのルートでも、悪役フェリアルの断罪を仕向けた黒幕は彼だった。フェリアルの悪事を誇張して国に広め、主人公を手に入れる為ならばどんな手も使う男。

その黒さはプレイヤー達の間でも『第二の悪役』と呼ばれるほど。

「……分かった。ともだちなる」

「ふふ。よかった、嬉しいです」

ストーリーの序盤で現れる一人目の攻略対象者。

『ヤンデレ皇子』の異名を持ち、人気投票では唯一連続一位を獲ったことがある不動の人気キャラクター。

帝国の第一皇子、レナード皇太子殿下だ。

彼の正体を思い出して、一瞬固まっていると何故かレナード……じゃない、レオは僕を抱き上げた。目を瞠《みは》っても見つめても下ろしてくれない。僕の訴えを知らないフリして、スタスタと神殿内に入る。一度辺りを見渡すと、腕の中に視線を落として問いかけてきた。

「ご家族も心配しているでしょうし、お部屋に戻りましょうか」

どうやら部屋まで抱っこで連れていってくれるらしい。

あれ……ゲームと違って何だか親切だ。もしかしてアレかな、まだ子供だから腹黒な部分が育ってないのかも。まだ真っさらな性格のままなのかも。

それならそれで、どうかその白い性格のまま育ってほしいものだけれど、ゲームでのレオを見る限りそれはかなわなそうだ。ヤンデレるために生まれたキャラっぽかったし……

この優しい皇子様が、大人になったら純粋な主人公に半ば無理やりあんなことやこんなことをするなんて。悪役には慈悲の欠片《かけら》もない惨い仕打ちをするし。

子供の成長って素敵なものばかりじゃないんだなぁ、なんてしみじみ思ってしまった。

「場所は覚えてます？」

運ばれつつ、そう問われて頷く。

「うん。そこ」

「……そこ？」

親切な皇子の問いに答える為に指を指す。指した先は……壁。一瞬ぽかんと困惑を浮かべたレオは、すぐにハッとして笑顔へ表情を戻す。再び問いかけられたけれど、僕は自分でも混乱していた。

「……うぅん……そこ……そこ？」

壁から視線を逸らして、振り返った先や正面を指さしてみる。うーん……なんか違うな。

数秒二人で固まり沈黙が流れた後。僕はそろーりとレオを見上げて、下がりきった眉根を晒《さら》しながら呟いた。

「……まいご」

ぐぅっと唸るレオ。たまに双子が見せるようなアレと同じ感じで悶えると、一通り苦しげな様子を見せてから平静を取り戻した。

これ、色んな人がやるけど一体何なんだろう。この世界は虚弱な人が多いんだろうか。キラキラ笑顔をまたしても貼り付け直したレオは、僕の頭をぽんぽん撫でて言った。

「それなら、一度神官に聞いてみましょうか」

「ん……ごめんなさい」

しょんぼり謝ると、レオは優しく微笑んでフォローの言葉を掛けてくれた。流石人気キャラクター、この歳から既にモテ要素をカンストしている。

安心しすぎて眠くなってきたくらいだ。

早速歩き出そうとしたレオを引き止め、「あるく」と呟くと、レオは瞬間ピタリと硬直した。

「私の抱っこはお気に召しませんでしたか……？」

「ううん。レオのだっこすき」

「ぐッ……では何故」

「だっこきもちいいから、ねちゃう。かも」

「ぐぅッ……そ、そうですか。それなら手を繋いで歩きましょう」

ゆらゆらと穏やかに揺れるせいだろうか。さっきから眠気を刺激されて、実はかなり危ないところだったのだ。

眠ってしまうのはまずい。流石に会ったばかりの人に抱かれて眠るのは危ない。さらに彼は悪役最大の敵、レナード皇子なのだ。もしも黒い部分が既に育ち始めていた場合のことを考えると……一緒にいる間はなるべく目を離したくない。今後のシナリオ対策のためにも、どんな行動をするのか確認しておきたいという下心もある。

……何だかこの思想、まるで主人公たちの邪魔をしていた悪役そのものだな……

無知を装って行動を監視なんて悪役以外の何者でもない。

ズーンと肩を落として地面に降りると、レオはすぐにぎゅっと手を繋いできた。顔を上げるとやけに上機嫌な様子のレオと目が合ってきょとんとしてしまう。

既に手は繋いでいるのに、何故かにぎにぎと手を握る……揉むような動きをしてくるレオ。突然匂いを嗅いだり手を揉んだり、何だか不思議な行動をする人だ。

「ふふ……ちっちゃい……柔《やわ》い……可愛い……」

「……？　レオ、うれしそう。いまのにこにこ、すてき」

「にこにこ？　笑顔、ということですか……？」

「うん、えがお。ちゃんとにこにこ」

そう言うと、さっきまでの仮面みたいな完璧な笑顔が、主人公に見せるようなふにゃりとした笑みに変わった。

この頃はまだ、レオの完璧な笑顔はデフォルトじゃなかったらしい。ゲームだと普段は仮面のような笑顔だけで、主人公以外には決して素を見せなかったと語られていたはずだ。

こうして悪役である僕にも緩い表情を見せてくれるくらいだし、やっぱり今はまだヤンデレ要素は育っていないっぽい。

よかったよかった、まだ例の鬼畜キャラではないんだな。なんて安堵する僕は気付かなかった。

レオが瞳を真っ黒に染めて、赤い頬で僕を見下ろしていたことに。

＊＊＊

「チビィィイ!!」

「……」

「おや、鬼の形相ですね」

長い廊下の先からガイゼルが物凄い速さで駆けてくる。

一応ここ、神聖な空気が満ちる神殿なんだけれど……ガイゼルが走ると神秘的な雰囲気が見事に吹き飛ぶのはどうしてなんだろう。

神官に聞くまでもなく、というか神官に出会うより先に僕とレオはガイゼルを見つけてしまった。

かなり遠い距離に居るから気付かないかな、なんて思いながらゆっくり近付こうとしたけれど、ガイゼルの嗅覚は半端じゃなかった。

バッ！　とこっちを振り向いたかと思うと、走るの禁止という神殿の規則を真っ向からぶち破り、光の速さで走り始める。そんなガイゼルを半ば諦めの目で見つめてしまった。

ズササーッ!!　と足からスライディングして僕とレオの足元に辿り着いたガイゼルは、サッと立ち上がるなり、僕とレオの間に手刀を繰り出した。

僕の手に攻撃が当たることはなく、しっかりレオにだけ手刀を当てている。その技術には驚いた。

いや、当てる方を間違えているから意味がないけれど。

「おいチビなに部屋ァ抜け出してんだコラ！　めちゃくちゃ探しただろうが!!」

「うん……ごめんなさい」

「そんな顔で謝っても許さねぇぞ！　マジで心配……って、ん？　は？　え、いま、喋っ……？」

表情がコロコロ変わる様子が何だかおかしい。

スタスタとガイゼルに近寄る。くいくいと裾を引っ張ると、ガイゼルは親切にもしゃがんで目線を合わせてくれた。顔はぽかんとしているけれど。

できる限りしっかりと口を動かして、話してみる。

「でぃらん、おきた？　けがない？　げんき？」

「は……あ、あぁ……アイツは普通にピンピンしてるけどよ……。……いや待て！　そんなこたぁどうでもいいんだよ‼」

そんなことって。一番大事なことでしょ、片割れが大怪我して神殿に運ばれたんだよ？

じと目で見上げる僕の両脇を掴んで、ガイゼルがまるでぬいぐるみを扱うみたいに僕を持ち上げる。どうやら怪我の有無を確認しているようだ。

……って、うん？　ぬいぐるみ……

ハッとして両手両足をバタバタさせると、ガイゼルは「おおっ……」と驚いたように僕を地面に下ろした。

何か聞きたそうに口を開いたガイゼルだったけれど、それよりも聞きたいことが僕にもあったので言葉をさえぎる。

「うさくん！　うさくん、ぶじ？」

「ウ、ウサくん……？　あぁ兎か……アレならちゃんと回収したぞ。にしてもお前、アレに名前付けてたのか……可愛すぎだろ」

「うさくんぶじ。あんしん」

「ぐうっ……！」

ほっと息を吐くと、ガイゼルが胸を押さえる。出た、ガイゼルの悶絶。

今日はいつ収まるのかな、なんて思った瞬間。ガイゼルはハッとしたように目を瞠《みは》って立ち上がった。わなわなと震え始めたかと思うと、ビシッとレオを指さし、視線は僕に向けて大声で叫ぶ。

「おまっ、チビお前！　何で喋れてるかは今は置いとく！　それより大事なことがあるじゃねぇか！」

「……？　だいじ？」

「お前まさかっ……初めての会話をコイツとしたんじゃねぇだろうな!?　なわけねぇよな!?　初めては『ガイゼルにぃに』だって決まってたもんな!?」

そんなことを決めた覚えはない。

急にどうした、と首を傾げる僕を見て、さらに震えたガイゼルはキッとレオを睨んでドスドス近寄る。ガンを飛ばすと言った方が正しいかもしれない。

爽やかな笑顔を崩さないレオ。圧倒的強者感に悪役の本能が震えそうだ。

ガイゼルはあろうことか、帝国の皇子であるレオの胸倉を鷲掴んで、ドスの利いた低い声を這わせた。

「おいてめぇ……チビの初めてを奪ったんなら殺すぞ」

語弊のある言い方をしないでほしい。

呆れて脱力する僕をよそに、何故かガイゼルだけでなくレオも瞳を冷たく細める。絶対零度の微笑に心がヒュンッとなった。

しかしガイゼルが怯む様子はない。むしろレオの本性の片鱗を見てさらに顔を般若の形相に変える。

バチバチと飛び散るヒバナが神聖な神殿には不釣り合いで、ここだけ空気がおかしなことになっていた。

「──フェリの初めてを奪ったのは俺だが」

すると、ドヤァという感じの声音が背後から届く。

また語弊のある言い方を……と項垂れながら振り返った先、そこに立っている人物を見て、ぱぁっと瞳を輝かせた。

「でぃらん……！」

見たところ大きな怪我はない。綺麗な顔にも傷一つないようで安心した。

静かな争いを繰り広げる二人から離れ、とたとたとディランに駆け寄る。むぎゅっと足に抱き着くと、ディランはいつもの唸り声を上げて膝をついた。

鼻を片手で覆いながらもう片方の腕で僕を抱きしめるディラン。指の隙間からそっと覗いて理解した。どうやら鼻血が出てしまったらしい。

ディランは謎に定期的な鼻血を流すので、こういう状況にも焦らなくなってきた。もしかして剣術が嫌いなのって、実は虚弱体質だからとかの裏設定でもあるのかな、なんて最近では勘繰るくらいだ。

「傷は残っていないな。よかった」

鼻血を拭ってディランがクールに目を細める。鼻血を出している時点でクールではないか。

僕の左腕をしきりに気にして確認する辺り、どうやらディランは怪我をした直後の僕の身体を見てしまったらしい。あの業火の中に居た時一番痛みを感じたのは左腕だから、直後は相当酷い状態だったはずだ。

あの部屋で目を覚ました時は、爛《ただ》れた皮膚を見てギョッとしたけれど、あれでもかなり治癒をしてくれた後だったのかもしれない。

「ここのきず、レオがなおしてくれた」

「レオ？」

うん、と頷いて振り返る。何やら視線だけで射殺そうとばかりにディランを睨むガイゼルはそっと無視して、レオをちょいちょいと手招いた。

すぐに、にこやかな笑顔を浮かべて近付いてきたレオを見上げ、ディランがスッと目を細める。感情はよく読めないけれど、何となく剣呑な色が混ざっているような……

僕の頭を一度ぽんと撫でてディランが無言で立ち上がる。そして数秒レオをじっと見つめたかと思うと、興味が失せた様子で肩をすくめた。

「お久しぶりです、ディラン。相も変わらず君は無臭なんですね、気味が悪い」

「殿下は……相変わらずお暇そうで何よりです」

やけにピリピリした空気で対峙するディランとレオ。にっこり笑顔のレオと無表情のディランの温度差がさらに恐怖を掻き立てる。ガイゼルでさえ少しおろおろしていた。

どうしてこんな険悪な雰囲気なんだろう。二人の間に何か事件でもあったかな……なんて思いながらゲームの記憶を辿る。攻略対象者同士のシナリオは双子以外特になかったはず。ましてやディランとレオの交流なんて、ストーリー本編にすら出てこなかった。

それならどうして……と考えて不意にハッとした。レオが語った『無臭』という言葉に、ゲームで語られたレオについての概要を思い出したのだ。

——皇太子レナードは匂いが読める。何故なら彼は……

「驚かないんですね、フェリ」

「っ……うん……？」

思い出したその事実に息を呑んだ瞬間。レオがぼそりと呟いた。

顔を上げると、愉快げに細められた瞳が、王族特有の翠《みどり》色に輝いている。

「私が皇子だと知っても驚かないんですね。もしかして……知ってました？」

ドクン……心臓が嫌な音を立てる。

つい一秒前まで翠《みどり》の輝きを放っていた瞳が、ほんの一瞬真っ黒に染まったように見えた。

瞬きをするとその黒は消える。

例の事実——彼がヤンデレ皇子であることを思い出したから過敏になっているんだろうか。

きっとそうに違いないと自分に言い聞かせる。

だってもし仮にそうなら、既に彼は立派な『攻略対象者レナード』に育ち切っていることになる。

微かに震える僕に気付いたのか、ディランが僕を抱き上げてぽんぽんと背中を撫でてきた。

そのままの姿勢で首を横に振る。

「ぁ……し、しらない……いましった……」

「……へぇ、そうですか」

どうしよう。疑心暗鬼になればなるほどレオの表情が全て仮面に見えてくる。

こくこくと深く何度も頷いて、ディランの服の胸元をきゅっと握って答えた。

「う、うん……びっくりぎょうてん……。……おどろき……もものき……さんしょのき……」

有り得ないくらい瞳が揺れている自覚はある。あるけれど、ここは無理にでもやり過ごさないと確実にまずい。悪役的にまずすぎる。

絶望的な演技力を駆使して何とか驚いている様を強調する。絶対無理だと冷や汗を掻いたが、勢いよく鼻を手で覆って天を仰いだレオを見て首を傾げた。

あれ、もしかして上手く誤魔化せた……？

よかった、とほっと息を吐いて見上げると、何故かディランも天を仰いで硬直していた。視線を移すと案の定ガイゼルまで顔を覆っている。どうして双子まで。

「吃驚仰天《びっくりぎょうてん》……」

「驚き桃の木……」

「山椒の木……」

三人で繰り返さないでほしい。今気付いた。これ、傍《はた》から聞くと普通に恥ずかしい。

焦って変なことを口にしてしまっただけじゃないか。

もじもじとディランの腕の中に潜り込むと、三人は同時に唸り声を上げた。

……実はこの三人、仲良し説。

それから三人の険悪ムードが収まった後、僕と双子はその場でレオと別れて急いで部屋に戻った。もうすぐ来るという公爵夫妻とすれ違いにならないようにするためだ。

ちなみにレオは颯爽と立ち去る直前、最後に「私はフェリの初めての友達ですからね」と笑みを浮かべて言い放った。初めての友達はウサくんだけれど……初めての人間の友達は確かにレオだから否定はしない。

ガイゼルは「お、俺だってチビの初めての兄貴だ！」と意味不明すぎることを言っていた。最終的にディランに「初めての兄は俺だが」と言い伏せられていたけれど。

「あのクソ皇太子……一発ぶん殴っときゃよかったな……」

「……ぼうりょく？」

「フェリ、野蛮な馬鹿の言葉は聞くな。優しいディラン兄様の言葉だけ聞くんだ」

「一番似合わない言葉で己を形容してんじゃねぇよ。てめぇからぶん殴るぞ」

誰が優しいって？　とガイゼルが額に青筋を浮かべる。

不思議だ、ディランはゲームと違って確かに優しいのに。周りの印象まではゲームとの齟齬が出ないよう変わらないようになっているのかな。

ぼーっと考え込んでいると、不意にディランがたった今思い出したと言わんばかりに声を上げた。

「そういえばフェリ」

「当然のようにシカトしやがる」

突然の切り替えに流石のガイゼルも無になっている。

なに？　と首を傾げると、ディランはスッと目を細めて膝をついた。

しまった、今までの癖で声を出さずに反応を返してしまった。

そのうち会話にも慣れるかな、なんて思いながらディランの言葉を待つ。やがて飛び出したのは予想外の問いだった。

「ずっと気になっていたんだが、何故兄様と呼んでくれないんだ。にぃにでも構わないが」

「……？」

「それは俺も気になってた。謎に名前呼びだよな」

言われて気付く。そうか、そういえば僕達は兄弟だし、僕は双子を兄と呼んでいい立場なんだった。

なんというか、どこかでまだ他人という認識が残っているのだ。ずっとゲームで彼らを見てきたせいか、血の繋がった家族というより遠い存在である印象の方が強い。

兄と言うには実感が薄い。僕は今まで、この二人を家族としては見ていなかった気がする。二人だけじゃなく、公爵夫妻も。

たぶん、兄と思ってしまえば終わりだと分かっているからだ。他人と接している感覚なら傷は浅くて済む。

いくら運命を受け入れると言っても、再び兄に捨てられるという結末は流石に想像しただけで辛い。前世に留まらず二度も家族に捨てられるなんて、分かっていても気持ちは別だ。

僕にとって二人は他人。ただの敵。そう思っていれば、どんな結末でも傷付くことはないからって。

そう思っていたけれど——

「フェリ、俺達は兄弟だろ？　俺はフェリに兄と呼ばれたい」

ディランの瞳はまっすぐで、どこまでも陰りがないから余計に胸がぎゅっとなる。

分かってる。僕は疑い始めているんだ。もしかしたら強制力はそれ程強いものじゃなくて、抗えるものなんじゃないかって。

だって実際、ディランが僕を嫌う気配は微塵も見られない。ガイゼルも同じだ、ガイゼルもきっと僕を嫌っていない。そうじゃないと、さっきみたいに僕を全力で捜してくれるなんて有り得ない。

本編はまだ始まっていないし、強制力が行使される領域ではないのかもしれない。

けれどそうだとしても、回想シーンがめちゃくちゃになったことの説明はつかない。ディランの過去編を担う大きな事件だ、それに強制力が効かなかったなら、本編はどうなる？

シナリオが今回のようにズレた時、運命はちゃんと働くのだろうか。

「……」

心配そうに眉尻を下げるディラン。こういうところに絆《ほだ》されたのかな、なんて頭の中で、自嘲気味な笑いを零す。

「……フェリ？」

難しいことも遠回しなことも考えるけれど、結局僕はもう手遅れなのだ。認めたくないだけで、心の奥底では気付いてる。

自分から駆け寄ったり抱き着いたり。躊躇なく思ったことを返したり、前世の兄達には絶対にできなかったことだ。

前世でできなかったことを無意識に出来るようになっていることこそが、僕がこの二人を信用し始めている証拠と言えるだろう。

……信じる、なんて。前世じゃ絶対にできなかった。

「――……にい、さま」

何故だか少し恥ずかしくて、絶対に赤くなっているだろう頬を隠すために俯いた。

床を見つめながらぼそぼそ紡いだそれを、二人は聞き逃すことなく拾ってくれたらしい。ハッと息を呑む気配を感じて身体を強張らせる。

どうしよう……兄さん達は兄と呼ぶだけで不快そうに顔を歪めていた。もし二人にも不快な思いをさせてしまったら……

僅かに震える身体を抑えながら顔を上げると、そこにあったのは不愉快に顰《しか》められた表情ではなかった。

キラキラと瞳を輝かせて、まるで念願の夢を叶えたかのような。

「チ……チビ！　今のは俺を呼んだんだよな⁉　ガイゼル兄様って言ったんだよな⁉」

「どう考えても俺を呼ぶ流れだっただろ。フェリはディラン兄様と言ったんだ」

いや、僕は二人のことを呼んだんだよ。どっちも大切なんだから、どっちかだけ呼ぶなんてありえない。

……なんて、そんな照れくさいことは言えないけれど。


それからしばらくして再会した公爵夫妻は、普通に喋っている僕を見るなり感極まった様子で涙を流した。

ディラン……兄様達のように、自分たちのことも父や母と呼んで欲しいと期待の眼差しで言ってくるものだから、どうにも切り捨てることが出来ず結局「お父様」「お母様」と呼んでしまった。

前世でも両親を呼ぶ機会が少なかったからだろうか、何だかくすぐったい。

そわそわする僕をよそに、二人はあたふたと泣きながら混乱していた。お父様なんて「今日をエーデルス領の祝日とする」なんて訳の分からないことを言っていたし。

この調子じゃいつか一年全部祝日になりそうだ。

火災の件については、二人に深く追及されることはなかった。というより、どうやら僕とディラン兄様以外は、今回の件の真相を知らないようだった。

偶然庭師小屋で遊んでいた僕が、テーブルにぶつかってランタンを落とした。そこから火が燃え上がり、やがてディラン兄様がその光景を目撃。その衝撃で魔力暴走を引き起こしたディラン兄様が、僕を巻き込みながら怪我をした。

これが、皆に広まっている今回の事故の一連の流れだった。

僕が眠っている間にディラン兄様が二人に説明した中に『僕が自ら火の海に飛び込んだ』という内容はなかったみたい。つまり、ディラン兄様は僕の行動の全てを隠したのだ。

どうしてディラン兄様が真実を伏せたのか分からなかったけれど、何も知らない様子で「よかった」と繰り返すお父様達を見て何となく理解した。

ディラン兄様からすれば、僕はあの火で死のうとした人間だ。自分の息子が死ぬために火の海に飛び込んだなんて、そんなこと二人に言えるはずがない。

神殿から帰る途中、ディラン兄様は僕を皆より少し下がった場所に手招いた。

お父様とお母様、そしてガイゼル兄様の背を見つめながら、隣に立つディラン兄様の言葉を待つ。

ぎゅっと握られた手は離れる気配がない。

「……フェリ」

「……」

「聞いても……何も話さないつもりだろ」

分かっているからそう緊張するな、と抑揚のない声で語るディラン兄様。繋いだ手から僕の緊迫した空気を感じ取ったらしい。

独り言だと呟いて、ディラン兄様は少しの間を置いて語り始める。

「フェリがどうしてあんな行動をしたのか、俺はまだ理解できない。あれ程思い詰めていたことすら気が付かなかったとは……兄失格だ」

違う。ディラン兄様は兄失格なんかじゃない。失格なのはいつだって僕の方だ。僕の事情をディラン兄様が理解出来るはずないのに、僕は無意識に重荷を背負わせている。

その重荷は本来、僕が一人で抱えなければいけないものなのに。

「フェリ。フェリが昔から何かを抱えているのだろうということは理解していた。ただフェリは……それを語るつもりはないんだろう」

「……」

「俺にも……俺達にも何か出来ればいいのだが。フェリは何か、途方もなく大きなものと戦っているような気がする」

途方もなく大きなもの。それは形がなくて見えづらくて、何より確証がないから面倒だ。

シナリオが進む度、ズレる度、自分が一体何と戦っているのか分からなくなる。いや、戦ってすらいないか。僕はただ、受け入れるための準備をしているだけだ。完璧な結末を迎えられるように。

僕は頭が悪くて経験が少ないから、単純な指標でしか物事を捉えられない。とにかくシナリオ通りにって、それに沿って動く以外、自分のやるべきことが分からないのだ。

けれど今は、何のためにこの世界に生まれたのかがよく分からなくなっている。少なくとも、僕の前世の全てといえるゲームの世界に転生したことにはきっと何か意味があるはずだ。

現実として存在しているこのゲームの中で、運命は一体僕に何をしてほしいのか。鍵になるのはやっぱり『聖者』だと思うけれど、本編が始まるまでまだ十年もある。

……それでも今この瞬間、唯一確かなことがあるとすれば。

「フェリにはずっと幸せでいてほしいんだ」

だから怪我なんてしてほしくないし、ずっと笑っていてほしいとディラン兄様が語る。

遠回しに、今回のようなことを二度と起こしてほしくないと忠告しているのだろうか。

そう思って、ふとディラン兄様の手が震えているのに気が付いた。その震えはディラン兄様の恐怖を鮮明に伝えてくる。

今回のことは絶対に忘れられないだろうななんて、苦笑混じりに呟く姿にハッとした。

結果として、ディラン兄様の回想シーンは成立したのかもしれない。死者は出ていないけれど、最終的な心情はシナリオに沿っている。これなら本編にも支障は出ないだろう。

喉の奥が熱くなって、何だか無性に泣き出したくなった。この結果を生み出したのは他でもない自分自身なのに、成功してしまったことが何故だか苦しい。まるで……どんな無意味な期待を持とうと結末は変わらないのだと、運命が嘲笑っているようで。

「……ぼく、も……ぼくは……」

繋いだ手にぎゅっと力を籠める。

どうか少しでも長く、この手を繋いだままでいられますように。

「……みんなが、しあわせなら……いいな……」

兄様達も、お父様もお母様もみんな。

みんなが幸せならそれでいい。だから、結末は別に変わらなくてもいいのだ。今世の家族がハッピーエンドを迎えられるなら何だって、どんなシナリオだって構わない。そう思えた。

疑心暗鬼はまだ残っている。何にせよ結末を迎えるまでは、この歪《いびつ》な感覚が消えることはないのだろう。それでも、たとえ今だけ与えられる仮初《かりそめ》の愛情だとしても、僕に愛をくれたのは今世の家族が初めてなのだ。

だから……そんな大切な人達の幸せを願うことは、悪いことじゃないはず。

今この瞬間、唯一確かなこと。それは僕が、家族を愛し始めているということ。

自分を守る為に、情を抱かないようにってやってきたのに、努力は全部水の泡だ。けれど不思議と悪い気はしない。むしろなんだか……燻《くすぶ》っていた何かが吹っ切れたような気分。

運命と現実が共存するこの世界で、それでも僕は愛したい。たとえ前世の二の舞になるとしても。

ハッピーエンドの先に、僕がいなかったとしても。

微かに目を伏せた僕を見下ろし、ディラン兄様は小さく息を呑んだ。

「……、……」

「——おいお前ら！　遅いぞ早くしろ！」

何か言いたげに口を開いたディラン兄様だったけれど、それに被せるように響いたガイゼル兄様の声で言葉は封じられる。その仕草は見なかったフリをして、繋いだ手を引いて足を速めた。

第四章　さぷらいずなるもの

とたとた。邸の廊下を忙しなく走る。

抱いているウサくんはぬいぐるみ用のコートを着ていて、すっかり冬仕様だ。

例の事故から一ヶ月程経ち、秋も過ぎた今日この頃。流石にデフォルトのウサくんでは散歩の時に寒そうだったから、先週からもこもこの洋服を着せるようになった。

かく言う僕も、外に出る時は必ず厚手のコートを着なければ邸から出してもらえない。このコートが中々やりすぎなもので、着るとシルエットがまん丸になるのだ。

ボールみたいにまん丸な僕を見ると、両親も兄様達も何故か酷く悶え苦しむ。ディラン兄様なんて、まん丸な僕を見かける度物凄い勢いで近寄ってきて、ぐりぐり撫で回すようになってしまった。

「……！　にいさま、にいさまっ」

今朝目が覚めて、窓から見えたその光景。

外に出るのが楽しみでならなくてそわそわしていたのを、兄様達はどうやら気付いていたらしい。

朝食後に早速外へ向かうと、庭園への入口に二つの人影が見えた。

薄いロングコートを羽織った二人は、まだ少年と言われる年齢なのにとても大人っぽい。

まん丸なコートから覗く手足を必死に動かして駆け寄ると、僕に気付いた二人が振り向いてグハッと膝をついた。いつものやつだ。

「おうチビ……今日も可愛いな」

ガイゼル兄様にむぎゅっと捕らえられる。温かくて思わず肩に顔を埋めると、その頭をぽんと撫でられた。

見上げると、そこには柔らかく緩んだディラン兄様の顔がある。カーマイン色の瞳が庭園に向けられていて、それに釣られるように僕は視線を移した。

地面がうっすらと白銀に染まる光景を見て、心がわくわくと跳ねる。

腕の中から抜け出し、庭園へ続くガラス張りの扉を抜ける。空から降ってくるそれを受け止めるように手を高く上げた。

「ゆき、ゆきっ」

真っ白なそれに手を伸ばす。触れても形に残らない結晶を、ひたすら掻き集めるようにぴょんぴょん跳ねた。

「チビは雪が好きなのか？」

「初雪だからな。ようやく降って嬉しいんだろう」

後ろから近付いてくる声。

振り返ると二人がすぐ傍に来ていた。ディラン兄様が、巻いていたマフラーを取りながらしゃがみこむ。それから瞳と同じカーマイン色のそれを僕の首に巻くと、満足そうに頷いた。

その温もりにホッとしつつ、慌てて兄様を見上げる。

「でぃらんにいさま、さむくない……？」

「俺は暑がりだから問題ない。フェリは身体が小さいから、風邪を引いたら大変だ」

そうか、ディラン兄様は火属性だから寒さに強いんだ。

お礼を言うと柔《やわ》い微笑が返ってくる。マフラーに顔を埋めながら地面を向いて、積もる雪の少なさに眉を下げた。これはまだ積もっているとすら言えないかもしれない。

かろうじて土の茶色が白銀に染まっている。それに肩を落とすと、僕を見下ろしたガイゼル兄様が不思議そうに首を傾げた。

「どうした？　チビ」

「……ゆきだるま……まだむり……」

つんつん、と地面をつつくと、二人が呻く。

「……今日が初雪だから仕方ない。また今度、雪が積もったら一緒に作ろう」

早々に復活したディラン兄様が僕の頭を慰めるように撫でた。

優しい言葉に小さく頷くと、撫でる手がいい子いい子とばかりに往復を速めた。

……残念だ、どうしても雪だるまを作りたかったのに。

項垂れると同時に再び頭に浮かぶ記憶。冬が近付く度、この記憶は忘れることは許さないと言わんばかりに蘇る、前世での日常の……何気ない思い出のひとつだ。

家の庭で楽しそうに雪を丸める優馬と、それを穏やかな目で見つめる兄さん達。三人で作り上げた雪だるまを、僕は毎年部屋の窓から見下ろしていた。僕もいつかあの中に混ざれたらって、そう思いながら。

結局三人と雪だるまを作ることはかなわず、僕はその未練を忘れられずにいる。

でも今は、兄様達がいる。兄さん達や優馬とは一緒に作れなかったけれど、今世の兄様達なら。

当然のように『一緒に』と言ってくれるディラン兄様と、今も必死に少ない雪を掻き集めようとしているガイゼル兄様、そんな二人とならって。

前世、小学生の頃の下校途中、公園で一人蹲《うずくま》って作った小さな雪だるまを今なら大きなものに作り替えることが出来る気がするのだ。

「ゆきだるまと、うさくんもつくる」

「兎もか？　難しいモン作ろうとしてんなぁ、チビ」

「がんばる」

指を動かしてうっすら積もる雪に線を引く。指を滑らせた場所だけ土の茶色になっていき、最終的に地面にはウサくんの絵が描かれた。と言ってもかなりデフォルメされたウサくんだけれど。

「上手じゃねぇかチビ。ミアだな」

「……う……うさくん……」

「……え」

「……。……今のは兎を描く流れだったろうが、バカイゼル」

「誰がバカイゼルだ！」

＊＊＊

とぼとぼ。庭園の中心にある大きな噴水の傍らを通りかかる。

午前中は兄様達とたくさん遊んだけれど、午後から兄様達は魔術の授業だったので今は僕一人だ。

それは慣れているから構わない。落ち込んでいる原因はそれじゃない。

噴水に寄り掛かるようにしゃがみこみ、地面の白銀に指先を置く。隣に座らせたウサくんをちらちら確認しながら、慎重に指先を滑らせていった。

「フェリアル様？」

「……！　だれ……？」

再びウサくんを地面に描き終えた途端、ふいに聞き覚えのない声が横から届く。

ビクッと肩を揺らして振り向くと、そこには騎士服を着た茶髪の男性が立っていた。無造作なハーフアップを靡《なび》かせた爽やかな印象の美形さんだ。

一見してすぐに騎士の人だと分かったから恐怖は抱かなかった。咄嗟にウサくんを抱き締めて立ち上がり、小さくぺこりとお辞儀をする。騎士さんは不意打ちを食らったかのように「ぐッ……！」と胸を押さえた。

……この人も虚弱な人なのか。騎士なのに。

「ぐッ……これは失礼しました。エーデルス騎士団のサミュエルと申します」

サミュエル……？

「あ……にいさまたちの、せんせい？」

「ご存じでしたか！　そうですそうです！　剣術教師のサミュエルです！」

お会い出来て光栄です！　と瞳を輝かせるサミュエルさん。

よくよく見て、そういえば彼には見覚えがあるなと気が付いた。エーデルス騎士団の副団長を務める実力者、サミュエル・ロタール……ゲームでも何度か登場した人だ。

重要人物というわけではないが、兄様達の話の中では度々恩師としても語られていた。

貴族が抱える一騎士団の人間にもかかわらず、帝都の騎士でも敵わないと言われるとっても強い人らしい。元は帝国直轄の騎士団で幹部の地位に就いていたとか、そんな噂がゲームで囁かれるほど謎も多い人物だ。

「こんにちは。さ、さむ……えるさん」

「ぐうかわ……!!」

銃弾で心臓を撃ち抜かれたと言わんばかりの大袈裟な動きの果てに、サミュエルさんはふらりと倒れ込むように膝をついた。兄様達とは異なる悶え方をする人だ。

「さむえ……さみゅっ……さむむ……」

「え、なにそれ可愛いっ。サムで構いませんよ、フェリアル様」

みゅが言いにくい。苦戦する僕を見てサミュエルさんはにこやかにそう言葉を掛けてくる。剣術の先生だというから厳しい人なのかと思っていたけれど、案外良い人そうだ。

サムさん、サムさん……と何度か慣らしてよしっと頷く。サムさん、覚えた。

「フェリアル様は此処で何を？」

何でもなさそうな声音にギクッと身体を強張らせた。実際、ただの世間話のような感覚なのだろう。今日でなければ僕も何も考えずに答えていた。

ただ、今日だけは動揺してしまう。

おろおろと視線を彷徨《さまよ》わせた末に、観念してそろりとサムさんを見上げた。そうだ、彼は関係ないし、彼に聞いてみるのがいいかもしれない。僕の判断は信用ならないと午前に思い知ったばかりだし。

「うぅん……あのね」

そう切り出して地面を指差す。さっきまでウサくんを描いていた場所だ。

サムさんはそこを見下ろして目を瞬かせた。

「これ……なににみえる？」

「え、これですか？　うーん……カエル……いや馬……？　猫かな……」

猫ならまだしも。カエル。馬。

膝を抱えてズーンと蹲《うずくま》った僕を見て、サムさんはハッとした様子で慌て出す。

「いやっ……んん……犬？　犬に決まってますよねー？」

あはは～と笑いながらフォローしたつもりらしいが、結果はさらに傷口が抉られるだけで終わった。

犬じゃない。

「あっ、あぁ～……」

黙り込んで下を向いていると、気まずそうに唸ったサムさんが、最終的に諦めてコホンッと咳払いをする。

「お、お絵描きしてたんですねぇ。お上手ですっ！」

「……いい。そういうの……」

慰めなんていらない。むしろ躊躇なく真実を突き付けてくれて助かった。

客観的に見てそんな出来の悪いものを、兄様達に贈ることにならなくてよかった。

「……もうすぐ、にいさまたちのたんじょうび。だから、ぷれぜんと、あげたくて……」

全てを察した様子でサムさんは青褪めた。

そう、その通りなんだよサムさん。

あともう少しで兄様達が十一歳の誕生日を迎える。去年までは義務的に誕生日の夕食を共にするだけで、兄様達への贈り物なんて考えてすらいなかった。何か渡しても捨てられるだけだと思っていたし。

けれど今年は別。僕ももう三歳だから一人でプレゼントを考えてもおかしくないし、何より大切な家族の誕生日をしっかりお祝いしたかった。あの兄様達が僕のプレゼントを捨てるなんて、今となってはそっちの方が考えられない。

そんなこんなで密かにプレゼントを用意する、サプライズなるものを計画した僕だけれど、一番大切なことを未だに決められないでいた。

それこそが、何を贈るかということ。

僕に用意できるものと言えば絵くらいだ。何より絵は前世の趣味でよく描いていたし、自信があった。それがまさか何を描いているかすら分からない程下手だったなんて……。客観的に見てもらわないと分からないこともある。

「いやっ……いや、でも。お二人ならフェリアル様が描いた絵なんて、喉から手が出るほど欲しがると思いますよ？　貰ったら泣いて喜ぶと思います」

その光景が思い浮かんでしまうのが何とも言えない。

「……。……うん。でも……どうせならいいのあげたい」

「いい子ッ……!!」

天を仰ぐサムさん。

どうしよう……と悩む僕を哀れに思ったのか、サムさんはスッと顎に手を添えて本気で考え込むような仕草を見せた。

やがて「……あ」と零すと、何やら瞳を輝かせて僕を見る。

さながらいいこと考えた！　とでも言いそうな表情だ。

「フェリアル様でも作れて、お二人が喜びそうなもの。思い付いちゃいました」

「……！　おしえて、おしえてっ」

ちょいちょい、と手招くサムさん。

いいですか……と小声で話し始めたサムさんの口元に、僕はひっそり耳を近付けた。

＊＊＊

「おうチビ。ん？　なんだその箱――」

「……」

「チビ!?」

廊下でガイゼル兄様とすれ違う。

大きな声に思わずビクッと肩を揺らし、小さな箱を抱えながら、あたふたと兄様の横を走り抜けた。

ここですれ違うのは予想外。傍《はた》から見れば完全に不審者だけれど、僕は誤魔化すのが苦手なので、迷いなく逃げるという選択肢を選んだ。

僕が無視をしたのが衝撃的だったのか、ガイゼル兄様が追ってくる様子はなかった。

とはいっても僕はつい一ヶ月程前まで無反応の人形だったし、大した衝撃でもないだろう。追ってこないことを良いことに、僕は抱えた箱の中身をわくわく思い出しながら足を速めた。

サムさんに教えてもらったアレの材料が入った箱……決して中身を知られるわけにはいかない。

そう、特に兄様達には。

＊＊＊

「……なぁ、ディラン」

「……あぁ、ガイゼル」

庭園を見渡せるバルコニー。

そこに置かれたベージュのソファに腰掛けながら、俺は神妙な面持ちのディランに呼び掛けた。

癪《しゃく》だが、今だけは奴と同じ表情をしているだろうという自覚がある。

手摺に身を寄せているディランは、感情の読めない瞳を細めて庭園を見下ろしている。視線の先にいるのは中央の噴水付近を横切るチビだ。今日も最高に可愛い。

何やら見慣れない箱を持って駆けるチビ。とたとたという擬音でも聞こえそうな走り方は、今にも転びそうでどこか危うい。

チビの目的地は何となく分かった。俺とディランもよく通る道だからだ。

剣同士がぶつかり合う金属音と、野太い声が微かに響いてくる方向……屈強な騎士共が大勢居るそこは、チビが向かうには危険すぎる騎士団の訓練場だ。

「俺……さっきチビとすれ違った時にシカトされちまったんだよ」

「……。……俺も。昨日すれ違った時に無視されてしまった」

低く語るディランに肩をすくめた。

仇でも見るような目で訓練場を睨み付ける姿は、いつもの淡々としたものと違って酷く殺伐としている。

手摺に置いた手をグッと握り締めると、ディランは地を這うような重い声で呟いた。

「……俺のフェリがどこぞの野郎に唆されているらしいな」

「誰がお前のチビだ」

アホな発言は置いといて、それ以外は大体同意見だ。コイツが今考えていることも含めて。

一昨日……初雪が降った日から、チビはどこかおかしくなった。話しかけるとギクシャクした反応を返し、近寄ると動揺した様子で瞳を揺らす。

今日に至っては反応すら返さずシカトされる始末だ。大事そうに抱えていた箱も妙に気にかかる。

あの中身は一体何なのか。

「……あの箱……俺ら以外へのプレゼント、だったりしてな？」

——バキッ!!

鈍い音。その方向に視線を向けると、そこにはドス黒いオーラを纏うディランの姿が。

手摺に置いた手には青筋が浮かんでいて、その手摺には見事にヒビが入っている。ゆっくりと手を離すと、壊れた手摺の破片が無惨に零れ落ちた。

「……フェリに」

物騒な姿に流石にドン引きする。表情を引き攣らせる俺には一瞥もくれず、ディランは全身に炎を纏って低く唸った。

「フェリに、恋はまだ早い……！」

瞳の奥にすら炎を滲ませるディラン。

今にも訓練場を破壊しに行きそうな様子に、呆れの眼差しを向けた。

チビが恋……確かに早い。早すぎる。それはディランの言う通りだ。そして恐らくまだなんて言いながら、たぶんコイツは永遠に「早い」と言い続ける。

純粋無垢で性的な知識なんて欠片《かけら》もないであろうチビ。そんなチビが恋愛？　戯言にも程がある。

仮にチビが初恋とやらを訓練場に居る騎士のどれかに捧げていたとして、それはただの思い込みだ。

チビは体格が平均より遥かに小さいことを気にしているから、平均よりデカい熊みてぇな野郎に錯覚した感情を抱きやすいんだろう。そうに違いない。

だとしたら……チビを唆したクソ野郎を生かしてはおけない。チビの貴重な初恋は本来俺に捧げられるべきもの。

それを横から掻っ攫ったクズは、今すぐにでも地獄に送ってやるべきだ。

「お前、チビが惚れそうな野郎に心当たりあるか？」

「……俺」

「そういうのクソほど要らねぇ。真面目に答えろ」

ふざけるな、と言いたいところだがふざけたわけではないらしい。不服そうな色を滲ませたディランが「俺でないなら分からない……」と本気の声音で語っていた。

駄目だ、チビのことになると頭が弱くなるコイツに聞いたのが間違いだった。

「……見に行った方が早いんじゃないか」

ボソッと呟かれた言葉に溜め息を吐く。

その通りだ、見に行った方が早い。その通り、なんだが……

グッと黙り込んで視線を逸らす。そんな俺をぱちぱちと見つめたディランは、やがて「……あぁ」と納得したように頷いた。

「お前、怖いのか。フェリの初恋の相手を見るのが」

「べっ……別にそんなんじゃねぇし!?」

「気にするな。お前は黙って怯えていろ、俺がクソ騎士を骨すら残さず殺し尽くしてやる」

無表情で淡々と言い切って、ディランはそのままバルコニーを出ていった。慌ててその後を追ってディランの隣に付くと、カーマイン色の瞳が無機質に一瞥してくる。

「来るのか」

「舐めんな。野郎をぶち殺すのは俺だ」


【末っ子の密会】

「さむさん、きた」

騎士団の訓練場……のさらに片隅にある休憩所。

箱を抱えて扉を叩くと、キィッと音を立てて扉が開かれた。現れたサムさんが首を傾げてきょろきょろするので、慌ててぴょんぴょん跳ねて声を掛ける。

驚いたように視線を下ろしたサムさんがふにゃあっと頬を緩めた。

よかった、ちゃんと気付いてくれた。

「待ってましたよ、フェリアル様。……騎士達に絡まれませんでした？」

「うん？　みんないいひと」

膝をついて問い掛けてくるサムさんに、今度は僕が首を傾げる。振り向いて訓練中の騎士たちを見ると、視線に気付いた彼らがにっこにこで手を振ってくれた。

それに手を振り返すと苦しそうに悶え始める騎士たち……彼らも例の体質持ちらしい。

訓練場に来た時、騎士たちは僕に気付いて唖然とした表情を浮かべた。持っていた剣をカランカランッ……と地面に落として、じぃっと僕を見つめる。凄い目力だった。

とたとた、と歩く僕を騎士たちがはわわっ……という目で見守る。

「ふくだんちょさん、どこですか」と問う僕にぐうっと心臓の辺りを押さえながら、全員で勢いよく休憩所を指差してくれた。親切な人たちでよかった。

手を振り終えて視線を戻すと、何故かサムさんは恨めしそうな目で騎士たちを睨んでいた。

一体どうしたのだろう。

「さっ、フェリアル様。中へどうぞ。二人で楽しく遊びましょうねぇ」

「あそぶ……？」

サムさんは何故か大きな声で言葉を紡ぐ。そんなに大声を出さなくてもちゃんと聞こえるけどな……と思いながらも頷きかけて、はてと困惑した。

今日は遊びに来たんじゃなくて、兄様達へのプレゼントを作りに来たんだ。

そう訂正しようとする僕をサッと中に招くと、サムさんは満面の笑みで扉を優雅に閉じた。直前、悔しそうな視線をサムさんに向ける騎士たちが見えたのは気のせいだろうか。

サムさんを追って室内に入る。

中はかなり雑然としていて、至るところに脱ぎ捨てられた衣服やら武器やらが散乱していた。窓は換気のためか全て開け放たれている。何となしにスンスンと嗅いでみると、確かに少し汗の臭いが残っていた。

奥へ進むとまた扉があり、その先は清潔感のある内装になっていた。お父様の執務室と似たような雰囲気だ。

三つあるうち一番ふかふかしたソファに促され、よいしょと踏ん張りながらよじ登る。何やらふるふる震えたサムさんが手伝ってくれてようやく座ることが出来た。

テーブルに箱を置き、それをパカッと開く。隣に座ったサムさんがそれを興味深そうに覗き込んだ。

「赤と青……お二人の色ですね」

「うん。ぼくのいろとあわせる」

箱の中身は数本の紐。カーマインと紺青、そして瑠璃色の三種類。その他には小さな花形のビーズやらの装飾品が少し。

サムさんに勧められたプレゼント……それは剣の柄に付ける飾り紐だ。

普通は恋人や伴侶が、相手の騎士に戦闘での無事と帰還を願って渡すものらしい。

一般的ではないけれど兄弟間や親子でも贈り合う風習が残っているから、僕が渡しても違和感はそれ程ないはずだとサムさんに教えてもらった。

何より兄様達は、どうしてか僕の色が含まれているものを欲していたから、これは手作りする上でピッタリのプレゼントだと思った。

「ひも、あむ？　ぐるぐる？」

紐を持って何も考えずぐるぐる巻くと、サムさんはくすくす笑って僕の手を止めた。

それから練習用に用意した紐を手に取ると、僕がよく見えるように屈んでお手本を見せてくれる。

説明もとても分かりやすい。

まず三本並べて、一番左の紐を真ん中に交差させて……

なるほど、編むといってもきちんと手順があるのか。

ふむふむ、と頷いて教えてもらった通りに編み編みしていく。両の先端に、薔薇や月の形の小さなビーズを通してキュッと引き結んだ。

全体を確認する。編み具合が緩い箇所がいくつかあるけれど、それなりに良い出来に仕上がったんじゃないだろうか。

サムさんの言っていた通り、僕でもすぐに作れるほど簡単な作業だった。それでいて仕上がりは綺麗だし、何よりプレゼントらしい。

教えてもらったお礼を言って頭を下げてから、僕は箱の片隅に入れていたもう一つのプレゼントの材料を手に取った。

「それは何です？」

「しおり。がいぜるにいさまへのおくりもの」

「し、栞？　ガイゼル様って読書するんですか？」

「うぅん……よんでるとこ、みたことない」

では何故、という言葉が表情にありありと浮かんでいる。

聞きたいことはとても分かる。けど、兄様が欲しいと望んだのだ。

あの髪紐だけ渡して以来、いつか作らなければと思いながら作ることが出来ていなかった。いい機会だし、飾り紐と一緒に今日作ってしまおう。

「それは……青色のカランコエですね。珍しい」

取り出した花を見て、サムさんが驚いたように目を見開いた。

帝国では、赤や薄紅色のカランコエはよく見るけれど、青色の……ガイゼル兄様の瞳と同じ色のカランコエはそれと違って希少価値が高い。これは温室で育てられていたもので、両親と庭師の許可を貰って摘んだのだ。

希少なものだから大切に扱わないと、と慎重に栞を作る。

「これじゃないと、だめなの」

カランコエを見つめて呟く僕に、サムさんはじっと静止して何やら考え込むような仕草をする。

やがてハッとすると「……あぁ、なるほど」と柔《やわ》く微笑んだ。

どうやらサムさんは花に詳しいらしい。

黙々と栞を作る僕を見下ろし、ふいにサムさんが悪戯っぽく問いかけてきた。

「折角ですし、絵もプレゼントしたらどうですか？」

「ぜったいやだ」

僕の画力を知っていてよく言えたものだ。

ふん……と微かに頬を膨らませると、サムさんは「不意打ちッ……！」と苦しげに悶え始めた。

気にせず栞作りを進め、ちょうど作業が終わったところで、不意に休憩所の外が騒がしくなってきた。

きょとんとする僕をよそに、サムさんは何故か溜め息を吐いて立ち上がる。この騒ぎの原因が分かるのだろうか。

ただ事ではなさそうな喧騒が徐々に大きくなってきた。僕は飾り紐と栞を箱に入れてぎゅっと抱え、ソファから降りてサムさんに駆け寄る。それからサムさんの足元で影になるようにそっと隠れた。

バンッ！　と休憩所の扉が開かれる……というより蹴破られる音が聞こえて、ビクッと肩を揺らした。

音だけ聞くと完全に奇襲だけれど、サムさんの冷静な姿を見る限りそうではないらしい。

サムさんの足元からそっと顔を出すと、部屋に侵入してきた二人の人物と目が合った。

「チビ！」

「フェリ」

僕を見て安堵したように緩んだ二対の瞳は直後、サムさんに向けられた瞬間殺伐としたものに変化した。

「チビから離れろ変態！」

「誰が変態ですか」

心外ですね……とサムさんが引き攣った笑みで零す。確かに突然現れた人に変態だなんて罵られたら顔も引き攣るだろう。

侵入してきたのが兄様達であることを確認して、僕はほっとしてサムさんの足元から離れた。

恐る恐るサムさんの前に出ると、二人は頬を緩めて両腕を開く。

「おいで」という優しい声に誘われて、箱をギュッと抱えながら二人の腕の中に飛び込んだ。

「よしよし、怖かったな……」

ぎゅーっと僕を抱き締めるディラン兄様が呟く。いや、別に怖いことは何もなかったけれど……。

僕がそう思うと同時に、呆れ混じりの「いや、何もしてないですから」という声が後ろから届いて、ディラン兄様は無表情でスッと顔を上げた。サムさんを見据えるカーマインの瞳は酷く淡々としていて、氷のように冷たい。

ふんっと警戒の色を滲ませた瞳でサムさんを睨み付けて、ディラン兄様が呟いた。

「……天使と獣、密室、二人きり……」

むぎゅっ。僕を抱く腕に力が籠る。

「何も起きないはずがない……ッ」

「何も起きてないっつってるでしょうが」

バッサリ切るようなツッコミが隙を与えず落とされる。

ガイゼル兄様の「何も起こらねぇはずがねぇだろ！」という根拠ゼロの追従が続くと、サムさんは「もうヤダこの二人……」と項垂れた。

一連の流れを見ておろおろと慌てる。どうしよう、何が何だか分からないけれど、とにかくサムさんがピンチのようだ。

サムさんは僕に飾り紐の作り方を教えてくれていただけなのにどうして。

ディラン兄様とガイゼル兄様の腕を半ば振り払うようにして、肩を落とすサムさんに駆け寄る。

それから、裾をくいくいと引っ張った。

僕に気付いたサムさんが感極まったように膝をつき、瞳をキラキラうるうるさせて問い掛けてきた。

「わ、私を慰めてくれるんですか……？」

「さむさん、わるくない。いいひと」

はわわ……！　とでも言いそうな勢いでサムさんが涙を流した。

「すみません……穢れのない天使と話したのは初めてなので……」

ほろほろと伝う涙をそのままに、サムさんはちょっと何言ってるか分からないことを口にする。

破壊力やら何やらと呟くサムさんが流石に心配になって、顔を覗き込んだ。

「だいじょうぶ？　どこかいたい……？」

「グッ……眩しいっ……浄化されるっ……！」

両手を顔の前に掲げて強く叫ぶサムさん。どうやら痛いのは頭らしい。さっきからおかしな行動が目立つ。

ぽんぽんと頭を撫でてあげると、サムさんはふにゃりとした緩い笑顔を浮かべた。痛いのが治ったようだ。よかったよかった。

安心する背後で、何やら絶対零度の如く冷ややかな空気を感じて振り返る。

二人が仇に向けるような目でサムさんを睨んでいてぎょっとした。二人にとってサムさんは尊敬する恩師のはず。もしかして、人物の関係性にもゲームとのズレが生じているのかな……

「……お前の言う通りだなディラン。チビは純粋だから唆されちまったんだ」

「そうでなければフェリが俺の手を振り払うはずがない。全ては奴の仕業だ、やはり処すべきだな」

「完全に八つ当たりなんですがそれは……」

ぶつぶつと内緒話をする二人。耳がいいのかサムさんには内容が聞こえたようで、何故か半ば死んだ目で溜め息を吐いていた。

今日は仲良しなんだなぁ、とぼんやり見つめていると、視線に気付いた二人が僕を見る。僕を見た瞬間へにゃあ、と緩んだ表情は、僕の手に抱えられた箱を見るなりピクッと引き攣った。

数秒の沈黙が流れ、初めに口を開いたのはガイゼル兄様だった。

「……なぁチビ、その箱には何が入ってんだ？」

ぎくっ。

突然の質問に心臓がビクッとする。不意打ちだったので驚いて分かりやすすぎる反応をしてしまった。冷や汗も緊迫した雰囲気のせいで止まる気配がない。

危うい空気を察したサムさんが、僕と箱を守るように前に出た。自然に僕は長い足の陰に隠れるような状態になる。

「この箱だけは駄目ですよ。無理に手を出そうものなら愛しのフェリアル様に嫌われますからね」

今にも箱を奪わんと狙うような視線を向けてくる二人に、呆れ顔のサムさんがピシッと言い放つ。

嫌われる、の下りのところで二人が「ぐっ……」と苦い顔をした。

箱をぎゅっと抱え直したところで、ディラン兄様の落ち着いた声が耳に届く。

「……。……聞くだけなら良いだろう。フェリ、それはサミュエルへの贈り物か？」

「……？　え……えっと……」

サムさんへの贈り物……？　違う、兄様達への誕生日プレゼントだ。

けれどそれを今言う訳にはいかない。今日は誕生日じゃないのだ、ここでバレたらサプライズが失敗してしまう。

せっかく兄様達に喜んでもらえるようにと計画したのに、全て無駄に終わってしまうと考えると……

「……ぅ……」

滲んでいく視界に最後に映ったのは、目を見開いてぽかんとする兄様達の顔。

「ぅ……うぁ……っ……ひ……ぅ……」

「チ、チビ？」

「フェリ……？」

箱を抱えてしゃがみこむ。

蹲《うずくま》って顔を膝に埋めると、重力に従って瞼に溜まっていた雫がほろほろ零れ落ちてきた。

まずい、幼い身体と理性が同期していない。

この年頃の子供は感情に従順だと聞いたことがある。今の僕は理性で感情を制限することもできない赤子も同然なのだ。

何とか泣きやもうとするが、止まれ止まれと願うほど涙の勢いが強くなっていった。

むぐっと唇を引き結び、涙でぐしゃぐしゃの顔をさらにくしゃりと歪める。下がりきった眉も晒《さら》し、ひうっと嗚咽を零した。

きっと今の僕、とんでもない顔をしているんだろうな。

なんて考えて羞恥心が湧いてきた頃、ふと兄様達の顔が蒼白なことに気が付いた。

「ち、違うんだフェリ。決して怒っているわけではなく……は、箱の中身というのはデリケートな話題だったか？　二度と聞かない……二度と聞かないと誓うから泣かないでくれ……」

長文を紡ぎながら頭を下げるディラン兄様と、とにかくあたふたおろおろと瞳を揺らしてしゃがみこむガイゼル兄様。

僕を囲む二人をそっと見上げて、ようやく止まった涙を拭いながら答えた。

「……め、なの……まだいえないの……」

「そうだよな。まだ言えるはずがないよな俺が馬鹿だった」

「ダメに決まってるよな！　まだ全然駄目に決まってるよな！」

うんうん分かるそうだよねと頷く二人。

若干……というかかなりドン引き気味なサムさんを置いてけぼりに、二人はしばらく機嫌を伺うように必死で言葉を連ねていた。


計画がバレそうになりながらも、必死にプレゼントを隠しながらさらに数日。

ついに兄様達の誕生日がやってきた。

早朝からそわそわと早起きをしてしまう。忙しなくプレゼントの確認をする僕を見て、使用人たちが何だか微笑ましそうにしていたのは気のせいだろうか。

僕が避けに避けるせいで兄様達が落ち込んでいたけれど、それも今日で終わりだ。まともな誤魔化し方ができなくて申し訳ないと謝らなければ……

誕生日のパーティーは夜から。今は夕方だから、始まるまでまだ少し時間がある。せっかく早起きしたから、サムさんに飾り紐の件について改めてお礼を言いに行こう。

そんな中、不意に思い出した。今までは訓練場に近付くことを禁じられていたけれど、あのルールはもう解禁されたと思っていいのだろうか。サムさんのところに行っているのを知っているはずのお父様たちも兄様達も何も言わないし……きっと許されたんだろう。

サムさんと出会ってから訓練場にはよく行くようになったし、騎士たちとも交流できて正直とても満足だ。主にゲームの情報を集める上で。

直近のシナリオで大きなイベントが起こることもないはずだから、お陰で安心して誕生日の準備を進めることが出来た。

「フェリアル様、そろそろお着替えしましょうか」

ウサくんをパーティー用の正装に着替えさせていた時、ふと侍従のシモンがニコニコと声を掛けてきた。まるで幼子に語り掛けるような口調だ。

確かにまだ子供だけども……

「うん。分かった」

「ふへへ……かわいい……ささっ、どうぞこちらへっ」

鼻の下を伸ばす……とでも言うのだろうか、相変わらずおかしな笑い方をする人だ。

シモンは最近までまったく存在を認識していなかった謎の侍従だ。こう言ったらかなり失礼だけれど、つい最近までの僕の中では、本当に存在感がなかった。

お父様の話では主に僕の護衛を任せる予定で育てていたらしく、僕の前に現れる機会はあまりなかったそうだ。

僕が話し始めて人と関わるようになり、お父様は急遽シモンを表向きに専属侍従として任命したらしい。隠れて護衛させるより近くに侍《はべ》らせていた方が安全だからと言っていた。

色々と振り回して申し訳ない……お父様にも今度何かお礼をしなくては。

「しもん」

「うへへ……はいっ、なんでしょうっ」

「ぼたんとれない」

「喜んで手伝わせていただきますっ!!」

シャツのボタンを取ることに苦労していると、シモンは嬉しそうに正面に膝をついて脱衣を手伝ってくれた。

こうして至近距離で見てみると、シモンの整った顔がよく分かる。

強気な印象の吊り目で野性味のある美形。

低いところで無造作にお団子にした癖っ毛の茶髪。

背も高くて体格もがっしりしているけれど、筋肉隆々というわけでもない。

如何にも女性人気が高そうなルックスだ。

実はシモンはサムさんの甥でもあるらしく、確かによく見ると顔の造形はサムさんにかなり似ている。

どことなく雰囲気も似ているけれど、どちらかというとサムさんは爽やか、シモンは……チャラいって感じだろうか。

「どうしました？　俺の顔に何かついてます？」

あまりにジッと見つめすぎたせいか、視線に気付いたシモンが問い掛けてきた。深い藍色のジャケットに腕を通し、ううんと首を横に振る。

「しもん、かっこいいから。じっとみてごめんなさい」

「グェッ……おっ、お好きなだけ見てくださいぃ……」

じっと見つめて浮かぶのは小さな疑問。

こんなに美形なのに、どうしてシモンはゲームに登場しなかったのだろう。

少なくともシモンはここで初めて出会って知った人物だから、恐らくゲームとは無関係なのだろうけれど、それにしては容姿があまりに整いすぎている。兄様達やレオと並んでも劣らないくらいだ。

年齢も十三歳で、十年後の攻略対象者に向いているし、悪役の侍従だったなら登場人物としての条件は十分クリアしているはず。

「……」

……何かを忘れている気がする。

思わず動きを止めた。

何度もプレイしたゲームだ、シナリオを全て覚えている自信はある。その中でシモンなんてキャラクターは一度も登場しなかった。そのはずだ。

そのはずなのに……この妙な焦燥感は一体何なのだろう。

「はいっ、お着替え終わりましたよフェリアル様！　へへへ……やっぱり最高に可愛いですねっ、天使様なのかな？？」

「……しもん、はなぢ」

「はっ！　すみませんばっちぃですねっ！　すぐにふきふきしますっ！」

たらーっと流れる鼻血を見て教えてあげると、シモンは豪快に血を拭ってズズッと啜った。

それでいいのだろうか……

いつものおかしなシモンを見たからか、僅かに燻《くすぶ》っていた不安はすぐに掻き消えた。

深く考えることはない。ゲームにシモンが登場していなかったのは確かだし、何も焦ることはないのだ。

若干引いた目でシモンを眺めてから、ソファに残していたウサくんを迎えに行く。

正装を着ているからだろうか、何だかいつもより大人っぽいウサくんに仕上がっている。

今度帽子なんかを被せてあげても良さそう、なんてルンルンと思いながらウサくんを抱っこしてシモンのもとへ戻った。

「……あ……」

「何かお困り事でもっ？」

不意にはたと気付いて立ち止まる。眼前に現れたシモンが首を傾げてきたので眉根を下げて答えた。

「これじゃあ、ぷれぜんともてない……うさくん、おるすばん……？」

箱の方を振り向いて呟くと、背後から「グァッ」という首を絞められたような呻き声が聞こえた。

周りの人達は呻く人ばかりだけれど、シモンは呻き声が独特だから結構驚いてしまう。

ふいっと視線を戻すとそこに居るのは、今にも血を吐きそうにしながら前のめりになるシモンだった。

「ご、ご安心くださいフェリアル様！　プレゼントは全て俺が持たせて頂きますっ！」

そう言ってサササッと箱を抱えに行くシモン。

ありがとうとお礼を言うと、シモンはまたもや独特な呻き声を発した。


パーティーは公爵家だけで行われるもので、招待客などもいない。本来は交流を深めるためにも他家の貴族を呼ぶのが一般的だけれど、兄様達は面倒だからと毎年家族のみのパーティーを望んでいるらしい。

僕が生まれる前はパーティーそのものを拒否していたらしいけれど……それは本当かどうか分からない。

だって誕生日パーティーの時の二人は、毎年とても楽しそうだったから。

しかし、そういうわけなので、誕生日のパーティーは僕としても安心して楽しむことが出来る。

人が多いとどうしても萎縮してしまうし、兄様達にも近付けないだろう。

部屋の中を歩きつつそんなことを考えて、シモンを見る。

「しもん、へんなところない？」

「可愛いところしかありませんよっ」

全身を見せてくるりと回ると、シモンはにっこにこで両手の親指をグッ！　とする。シモンは大抵僕が何をしても全肯定だから、正直こういう時の答えは信用できない。

侍従として主のすることは全て肯定しなければいけないのだろうけれど、それにしたって何でもかんでも頷きすぎだ。

「……そっかぁ」

僕も適当に頷いて鏡の前に立つ。

藍色のジャケットとハーフパンツに、繊細な刺繍が施された白いブラウス。

髪留めから靴の先まで計算し尽された出来だ。あまり着る機会のないお堅い衣装だからか何だか緊張する。ウサくんも初めての正装にドキドキしているに違いない。ギュッと抱き締めると、緊張を互いに半分こしているようで少し落ち着いた。

「しもん、ぱーてぃーはじまる」

「ぐへへ……そうですね、そろそろ行きましょうかっ」

シモンは全体的に独特だけれど、特に笑い方なんかが飛び抜けて独特だ。ぐへへとかぐふふとか顔に似合わない笑い方をする。

メイドさんと話している時なんかは爽やかな笑い方をするのに、どうして僕と居る時はこんな風になるのか心底謎だ。

まぁいいかと早々に興味を散らして鏡から離れる。

部屋から出ようとする僕の動きを察して、箱を持ったシモンがそそくさと扉を開いた。

＊＊＊

「おい、チビどこだよ？」

「……俺達……やはり嫌われたのでは……」

大広間に辿り着いてサプライズのためにテーブルの下に隠れる。

そこからそっと様子を窺っていると、ほとんど同じタイミングで入ってきた兄様達が、辺りを見渡しながら開口一番不満げな声を発した。

ガイゼル兄様の声音には苛立ちが滲んでいるし、ディラン兄様に至っては今にも死んでしまいそうなくらい絶望を抱えた様子だ。

これはまずい。

思っていたのと大分違うパーティーの始まり方に、おろおろと膝を抱えてしゃがみこむ。

どうしよう。計画通りならここで「わっ！」と飛び出してクラッカーを鳴らす予定だったけれど、完全にタイミングを逃してしまった。この沈んだ空気の中飛び出すとかできない。

テーブルクロスに伸ばした手をそっと引っ込めて項垂れる。お父様とお母様の必死のフォローが聞こえるけれど、兄様達はそんなことお構いなしといった様子だ。

今にも自室に戻りそうな雰囲気の兄様達。さらに、ふいに二人の動きが止まったかと思うと、スタスタと足音が近付いてくる。

まさかバレた……？

身体を強張らせて、覗いていた身体をテーブルの下に完全に隠したところで足音が止む。

それから、兄様達の声が聞こえてきた。

「フェリは来ていないのか」

「あぇっ……えぇっと……」

「何でお前が兎持ってんだよ？」

「これは……そのぉ……」

どうやら傍に待機しているシモンに話しかけたらしい。シモンが予想外の事態に動揺している。

あたふたとする影がテーブルクロス越しに見えた。

どうしよう、どうしよう。

クラッカーを鳴らす時に手が塞がってしまうからと、シモンにウサくんを預けていたのが仇になった。というか、よく考えたら僕のウサくんをシモンが持っている状況はかなり不自然だ。

奇跡的に兄様達が近くに来たことにそわそわと息を吐く。

飛び出すなら今しかない。けれど今出たら間違いなく空気が凍り付いてしまうだろう。

いや、それでももうやるしかない。元はと言えばこの惨状は僕のせいだし、僕が何とかしないと。

覚悟を決めて飛び出そうとして、勢いを間違えた。

ゴンッ！　という鈍い音が鳴って蹲《うずくま》る。

そう、テーブルの天板に思い切り頭をぶつけてしまったのだ。

「何だ今の音……!?」

「……その下に何か居るぞ」

すかさずガイゼル兄様が反応して、ディラン兄様もそれに続く。僕に……というよりテーブルクロスに注がれる視線を感じてサーッと青褪めた。

二人の険しい声音とピリつく気配を察して姿勢を正す。手に持ったクラッカーをテーブルの外側に向けてぐっと息を呑んだ。

「ミアか……？」

ガイゼル兄様の訝しげな声と共に、バッ……！　とテーブルクロスが剥がされた。

一気に視界に入り込んできた光に一瞬目を閉じて、やがてそっと開く。

大広間に沈黙が流れた。

「……」

「……」

クロスを剥いだのはガイゼル兄様だった。膝をついてテーブルの下を覗き込むガイゼル兄様と、その後ろで無表情がぽかんとした表情に変わったディラン兄様と視線が合う。

ピタッと硬直した身体を何とか解《ほど》いて、クラッカーの糸をスッと引っ張った。

ポンッ！　という軽快な音が沈黙の空間に流れ、兄様達の頭上へと色鮮やかな紙吹雪やテープが舞い落ちる。

「……はっぴーばーすでー」

静かに紡がれたその言葉が行き場をなくす。大広間に再び沈黙が流れ、最初に動き出したのは兄様達だった。

ガイゼル兄様が顔を両手で覆って固まり、ディラン兄様が天を仰いでスゥッと深呼吸をする。流石に心配になってテーブルの下から這い出ると、その瞬間ガシッと捕まった。

僕の両脇を鷲掴んで持ち上げ、音もなく立ち上がったガイゼル兄様。じぃっと見つめてくる紺青の瞳が微かに潤んでいることに気が付いて目を見開いた。

ぱちぱちと瞬いて口を開く。

「がいぜるにいさま、でぃらんにいさま。おたんじょうびおめでとう」

微かに潤んだ紺青の瞳が一際大きく揺れる。突然むぎゅっと抱き締められて身体が強張った。

ガイゼル兄様が小さく震えていることに気付いて力が抜ける。肩越しに見えたディラン兄様も目元を拭う仕草をしていて、僕はおろおろと眉を下げた。

二人とも、どうして泣いているんだろう。何かおかしなことでも言ってしまっただろうか。それともサプライズが不満だった？　確かに失敗してしまったけれど。

こんなことならもっと緻密にサプライズを計画しておけばよかったな……としょんぼりした瞬間、耳元で洟《はな》を啜るような音が聞こえてきた。

「がいぜるにいさま……？」

嗚咽混じりに「ほんっと……お前なぁ……ッ」と掠れた声が返ってくる。無表情で涙を流すディラン兄様まで見えたものだから、僕は慌ててシモンを手招いた。

何が何だか分からないけれど、兄様達が泣くのは嫌だ。悲しむのは嫌だ。とにかく二人に笑顔になってほしくて、予定より早いけれどプレゼントを渡すことにした。

「にいさま、にいさま。ぷれぜんとある。いっぱいあるよ」

ササッと傍に来たシモンからいくつかの箱のうち二つを受け取る。蓋を開けて差し出すと、二人は中に入っていたそれを見て目を見開いた。

サムさんに教わって作った飾り紐。

ボーッと見つめて黙り込む二人の様子に不安が募って、あたふたと言葉を紡いだ。

「て、てづくりなの。がんばってつくった」

何も言わない二人。他のプレゼントも見せてみる。

栞やお菓子、マフラーに手袋。サムさんに揶揄《からか》われたけれど……恥を捨てて絵だって描いた。きっと何を描いているのか分からないだろうけれど、これでも一応二人の似顔絵だ。

腕に抱かれてそわそわしていると、やがて兄様達が動き出した。

「にいさま……？」

ぽろぽろ。ガイゼル兄様の大粒の涙が頬に降ってくる。

それに触れようとした時、横から伸びてきた手が僕の頬に落ちた雫をいち早く拭った。振り返ると、泣き顔を隠すように唇を引き結んだディラン兄様が立っている。

かつて掛けられた言葉を思い出して、僕はそれをふと、今度は二人に返してあげたいと思った。

「う……うまれて、きてくれて……ありがとう」

言い慣れない言葉だ。前世でも言う機会がなかった言葉。

「でぃらんにいさまが……がいぜるにいさまが……ぼくのにいさまで、よかった」

前世の兄さん達にも、こんなことを深く思ったことはない。けれど今世の兄様達には、とても強く思うのだ。

いつか失うかもしれなくても、この愛がなかったものになるのだとしても、それでもよかったと。

そう思ってやまない。

ゲームなんて関係なく、ただよかった。僕は二人が兄様で本当によかった。

「にいさま、だいすき」

無表情が崩れる。いつもの硬い表情筋が緩んで、自分でも分かるくらい口角が上がった。だらしない微笑を見て二人は息を呑む。直後、二人の大粒の涙が勢いを増して溢れ出た。

【まんまるでも大好き】

「ちょこといちご、どっちがいい」

ケーキを指差して問う。

ようやく泣き止んだ二人は紅潮した頬をそのままに、目の前のテーブルに置かれた二種類のケーキに視線を向けた。

プレゼントはとりあえず別の場所に置いておいて、あとでゆっくり開封することになった。飲み物や食べ物で万が一汚すことがあったら駄目だからという理由らしい。

「フェリはどっちが良いと思う？」

ディラン兄様が質問を返してくる。ガイゼル兄様も知りたそうにしていたから、僕はケーキを「うぅん……」と眺めて考えた。

ふと、視線が勝手にそのケーキを追う。わくわくと高揚する気持ちを抑えて指差した。

「ちーず、すき」

「俺もチーズ好きだ」

「やっぱチーズしか勝たねぇよな」

肯定まで光の速さだった。

僕が答えるなり、二人はチョコでもイチゴでもないチーズケーキに躊躇なく手を伸ばす。しゃがみこんで僕と視線を合わせると、フォークに載せられた一口分のそれを差し出してきた。

「……ひとくちめ、ぼくでいいの？」

「あぁ。俺の初めてもらってくれ」

「言い方キメェわ、どけ変態」

ガイゼル兄様がディラン兄様を雑に退《ど》かして、僕の口元にケーキを持ってくる。そわそわしながらも堪え切れず、それをぱくっと頬張った。

もぐもぐとする僕の前で、ガイゼル兄様は何やら心臓を抑えて悶絶する。徐々に口の内に広がる甘さにぱぁっと瞳を輝かせた。

これだ。前世でも一番好きだったケーキ。

優馬はチーズが嫌いだから、毎年誕生日に沢山のケーキが用意されてもチーズケーキにだけは手を付けなかった。それを僕は夜中にこっそり食べて、まるで自分も祝われているような感覚を抱くのが楽しみで……

前世で食べた時よりも、ずっと美味しく感じるのは気のせいだろうか。

「おいし……おいしいよ、にいさま」

今度は僕がフォークに一口載せて、それをガイゼル兄様に差し出す。

ごくりと喉を鳴らしたガイゼル兄様が口を開いた瞬間、突然横から誰かに手首を掴まれた。

ビクッと肩を揺らして視線を移すと、そこには空になったフォークと満足そうに咀嚼する絶世の美形……ディラン兄様がいた。

「……？」

「本当だ、美味しいな」

ぱちぱちと目を瞬く僕を見て、ディラン兄様が無表情で呟く。その後は淡々と、自分の分のチーズケーキを何食わぬ顔で食べ始めた。

「お、おまっ……お前ッ……！」

「ん？」

「ん？　じゃねぇよクソが！　何してくれてんだ⁉　あぁ⁉」

「……？　だって、フェリがあーんしてくれるって言うから」

「言ってねぇよ！　俺にだよ！」

驚愕と怒りの色が入り混じった必死の形相でガイゼル兄様が嘆く。それでもスンとすまし顔をし続けるディラン兄様に、クワッと血走った瞳を向けてさらに声を上げた。

「お前は馬鹿なのか⁉」

そう叫んでから、直後に「馬鹿だったわ！」と自己完結するガイゼル兄様。

大分錯乱しているようだ。

あまりにも錯乱するものだから、まだあるよの意味を込めてケーキを差し出した。するとガイゼル兄様は動きをピタリと止めて、幾分落ち着いた様子で「……食わせろ」と口を開く。

おかしいな、特に両手は塞がっていないはずだけど……と思いながらもフォークを差し出すと、ガイゼル兄様は満足げにそれを口に含んだ。

「おいし？」

「……美味《うま》い」

よかった。さっきよりは冷静に戻ったらしい。今もまだディラン兄様のことを射殺す勢いで睨んでいるけれど。

当のディラン兄様はその視線を気にする様子もなく、スンとした顔でケーキを楽しんでいた。甘いものが好きなのかな。

ふときょろきょろ辺りを見渡し、少し遠くでお酒を嗜む両親を見て瞬く。兄様達のことは完全に僕に任せているようだ。お酒の席にちゃっかり執事や侍従も混ざっている。

それならいいかと興味を逸らして、兄様達に視線を戻した。他の皆を置いてけぼりにするのはどうかと思っていたけれど、あまり気にしていなさそうなのでほっとした。

「……あ」

「ん？　どうしたチビ。不味《まず》かったか？」

「うぅん。けーき、とってもおいしい」

いつまでもしゃがんでいるのもアレだからと、ディラン兄様が僕を抱き上げて椅子に移す。兄様達も席に着いたところで、不意にそういえばと思い出した。

サプライズが終わって忘れていたけれど、まだ今回の件を兄様達に謝っていなかった。

「……ごめんなさい」

しょんぼり……と身を縮めて謝ると、すかさず二人が慌てた様子でどうして謝るんだ、と問い掛けてくる。

どうしてなんて、そんなの決まっている。さっきだって兄様達は怒っていた。

「ずっと、むししてた。さぷらいず、ばれたらどうしよって……こわくて」

どうしてもサプライズで喜んでほしくて言い出せず、誤魔化し方も分からないから無視をしてしまっていた。それを反省して俯く僕の頭を、隣に座っていたガイゼル兄様が優しく撫でた。

「別に怒ってねぇよ。それに……すげぇ嬉しかったしな、さっきのサプライズ」

「……俺達はただ、フェリに嫌われたんじゃないかと考えるのが悲しかっただけだ。ガイゼルも若干泣いていた」

「ッち、ちげぇし！　泣いてたのはお前だろ！」

二人ともがっつり泣いていたはずだけれど、その記憶はそっと奥底にしまった。ディラン兄様はともかく、ガイゼル兄様がこの先気にしてしまいそうだから。

「ふふ……うん。ありがと」

「グゥッ」

「グァッ」

喜んでくれて嬉しい。思わず零れた笑みとともにお礼を言うと、兄様達はまたもやおかしな声を出して悶えた。今にも死にそうな鳥みたいな声だ。

大丈夫かな、と思いながらもケーキを食べる手は止めない。

もぐもぐ……ふむ、どのケーキも全部美味しい。次はタルトも食べちゃおう。

あ……でもあまり食べすぎるのも良くないか。これ以上食べたら確実に太ってしまう。シナリオが理由ならともかく、そのせいで兄様達に嫌われるようなことがあれば……すごく悲しい。それに今回は兄様達の誕生日なわけで、僕が沢山食べるというのは不自然だ。

大丈夫、前世だってこっそり食べたチーズケーキひとつで満足出来ていたし、これくらい何ともない。

そう思って眉を下げながらも、取ろうとしていたタルトの皿から手を離す。するとそれにいち早く気付いたガイゼル兄様が不思議そうに首を傾げた。

「ん？　何だチビ。タルト食わねぇのか？」

「うぅん……もういっぱいたべた、から。もうだめ……」

「どうして駄目なんだ？」

ディラン兄様も会話に加わる。

答えるのは少し恥ずかしいけれど、聞かれたからには答えないと。

そう思って口を開いた。

「いっぱいたべたら……まんまるになる……」

お腹を手のひらで擦りながらそう言うと、兄様達は無言で天を仰いで固まった。突然どうしたんだろう。

大丈夫？　と問うと、「大丈夫」と返ってくる。柔《やわ》い微笑みを浮かべたディラン兄様が優しく語ってくれた。

「まんまるなフェリも愛している。まんまるになりすぎて動けなくなったとしても、兄様が一生面倒を見てあげるから何の問題もない」

「お前が言うと犯罪臭がするのは気のせいか……？」

ガイゼル兄様の呟きも華麗にスルーするディラン兄様。とても優しい言葉に胸がぽかぽかして、ありがとうと答えてさらに紡いだ。

「ぼくも、まんまるなにいさまたちでもだいすき」

「……」

「……」

ふにゃ、と笑んでそう言うと、何故か突然兄様達が立ち上がる。ケーキが沢山乗ったテーブルに向かい、振り返りざまにこう言った。

「俺、今すぐまんまるになってくる」

「待っていろフェリ。すぐに戻る」

立ち去る後ろ姿はかっこいいけれど、目的はまんまるになることなんだよな……

急な展開に少し理解が追いつかないけれど、何とか頷いて手を振った。兄様達がケーキを沢山食べてくれるのはいいことだ。今日は誕生日なわけだし、思い切り楽しんでほしい。

でも、まんまるになるくらい楽しみたいと言うのなら。

「……むり、しないでね……」

「それより止めた方がいいですよ」

さり気なくずっと後ろで待機していたシモンが、何故か兄様達を呆れ顔で見据えながらボソリと呟いた。


あんなに食べたらお腹を壊してしまうんじゃないだろうか。

そんな不安はやはり現実になった。ディラン兄様はピンピンしていたけれど、ガイゼル兄様が途中で限界を超えて蹲《うずくま》ったところでパーティーは終わった。まんまるになる前に終わったことに少しほっとしたのは内緒だ。

その後はガイゼル兄様を部屋まで連れていって、お父様たちが出ていったのがほんの数分前。僕とディラン兄様はガイゼル兄様の部屋に残った。

具合が悪い時にひとりぼっちになる寂しさは、僕が一番よく知っているから。だからどうしても自室に戻ることができなかった。

「うっ……く……」

「だいじょうぶ？」

「大丈夫だ！」

とても大丈夫には見えない。けれど、ガイゼル兄様が大丈夫だと言うなら大丈夫なんだろう。ベッドに蹲《うずくま》るように横になるガイゼル兄様を、隣にすとんと座って見下ろす。お腹を抱えているからそっとそこを撫でてあげると、呻き声がさらに大きくなった。

慌てて手を離して謝ると「違う！　もっと触れ」と催促される。恐る恐る手を当てると、心なしか青い顔色が赤く変わった。少しは良くなったようだ。

「無様だなガイゼル」

「こんな時でも容赦なしかよ死ね」

僕の後ろから顔を覗かせて嘲笑うディラン兄様。だめだよと眉尻を下げるとすぐに「すまない」と返ってきた。

「……」

「フェリ？　どうした、眠くなってしまったか？」

ケーキをあれだけ食べすぎてしまったからだろうか、急に酷い眠気が襲ってきた。重い瞼を必死に上げてガイゼル兄様を撫でるけれど、その手も段々動かなくなる。

こくこくと頭が揺れてきたところで、ぼやけた視界の先のガイゼル兄様が両腕を広げた。

「来いよチビ。寒いからあっためろ」

確かに冬の夜は寒いし、ただでさえお腹を痛めているガイゼル兄様だ。僕が抱き枕代わりになれば少しは楽になるかも。

そう思ってもぞもぞと腕の中に潜り込むと、頭上から息を呑むような気配がした。まるで本当に僕が来るとは思っていなかった、とでも言いたげな反応だ。

冗談だったのかな、と思って離れようとしたが拘束はもう外れなかった。むぎゅーっと抱き締められて、隙間なんてないから、お陰で全身がぽかぽかあったかい。

ガイゼル兄様をあっためるつもりだったのに、僕の方があったかくなってしまっている。

「……おい、それは狡いぞ」

「うるせぇよ。お前はさっさと出ていけ、空気読め邪魔だ」

「……。……腹痛は嘘だろ。バレていないつもりか」

霞んだ意識の中、兄様達が何やら言い争っていることは分かった。

どうしたんだろうと目を覚まそうとするけれど、まるでそれを阻止するかのようにガイゼル兄様の手が僕の背中を撫でる。そのせいでさらに眠気が酷くなってしまった。

兄様達が低い声で何かを語り合う。その何かがとても重要なもののような気がしたけれど、眠気に抗えずそれを聞くことはかなわなかった。

＊＊＊

ガイゼルが気怠げに起き上がる。フェリを寝かせて毛布を掛けると、らしくない穏やかな笑みで浮かべて柔《やわ》い髪を撫ぜた。

普段の凶悪な姿を知っているからこそ、その様子は気味が悪いとしか思えない。

「心臓を貫かれても死なないくせに、お前が食いすぎ如きで倒れるわけない」

「貶してんのか」

「褒めている」

「貶してんだな」

フェリには話していないが、実はガイゼルは一度、常人なら即死の重傷を負ったことがある。

剣術の指導を受けていた時のことだ。騎士団の中に刺客が紛れていたらしく、ガイゼルはその男に剣で心臓を貫かれた。その後すぐに刺客は取り押さえられたが、出血多量のガイゼルは瀕死状態。

正直助からないとは思ったが、俺はコイツの体力馬鹿具合を舐めていた。

心臓を貫かれたにもかかわらず、治癒を受けた翌日には完治したのだ。それだけでなく、完治した二日後には剣術の訓練を再開した。

馬鹿にも程がある。

両親はフェリに言うか酷く悩んだようだが、結局何も語らないことに結論が落ち着いた。ちょうどフェリが塞ぎ込んでいた時期ということもあり、何も知らないままでいられるならその方がいい、ということだったようだ。

公爵家というだけである程度の危険は付いて回る。それなのに、なるべくフェリには光の中で自由に過ごしてほしいからと周囲は言った。甘い意見だが、感情は俺も同じだ。

その事件以来、基本フェリが何をしても苦言一つ言わない両親が、訓練場にだけは近付かないようにと念を押すようになった。その苦労も虚しく、事件の二の舞が起きそうになったことには呆れたが。

あれは完全に偶然だが、それでも事件の影をチラつかせた最悪な事故であることに変わりはない。今となっては、騎士団の内部調査も終わり外因的な危機がなくなったため、フェリが訓練場に行っても周囲は何も言わなくなった。

「父上も母上も、お前の下手な演技には苦笑していたぞ。気付いていないのはフェリだけだ。鈍いところも可愛いが」

フェリの頬をふにふにと撫でる。天使のような寝顔が若干嫌そうに歪んで、それさえも愛らしくて胸が締め付けられた。

「……良いんだよ。チビが気付かないならそれで」

少し前までは、思考を放棄した単なる脳筋だったというのに。フェリが関わることで頭を使うようになってから、コイツはかなり面倒な人間になった。

ただでさえ戦闘技術に優れた奴が頭脳さえも得たのだ。確かにサミュエルの言う通り、ガイゼルは天性の騎士なのかもしれない。俺とは違って。

「お前も随分小賢しくなったな。当然その力はフェリを守るためだけに使うんだろ」

「あ？　聞くまでもないこと聞くんじゃねぇ。チビのこと以外に力の使い道があるかよ」

その辺の単純さは変わらないのか。

適当に言葉を返して不意に、そういえばコイツはフェリの抱えるものを理解していないのだったかと思い出した。かく言う俺も全ては知らないが、フェリが俺達に何か大きなものを隠しているのは事実だろう。

「……お前、万が一フェリが俺達から逃げようとしたら、どうする」

突然の問いに肩を揺らしたガイゼルは、しかしすぐに剣呑な色が滲んだ瞳を細めた。

「逃げる……？　どういう意味だ。チビは家族だろ、逃げるもクソもねぇだろが」

呆れ顔で返してくるガイゼルに嘲笑が湧く。その油断がお前の弱点なんだ。守りたいなら、守るべきものすら疑うべきだというのに。

俺はフェリを疑って、そして警戒している。フェリは危うい。未来を語らないその姿勢は子供にしてはどこか不自然だ。まるで未来なんて存在しないかのような口ぶりで。

「フェリは寝言を呟くんだ。可愛いだろ」

「はぁ？　お前さっきから何なんだよ、急すぎるっつの」

まぁ確かに可愛いけどよ……と馬鹿正直に答えるガイゼル。

それを一瞥してフェリを見下ろし、今日はあの言葉を呟かないのだろうかと寝顔に触れた。穏やかなその寝顔は、稀《まれ》に見る苦しげなものではない。さてはアレだな、俺が一緒に居るからか。

「運命だ」

「……？　何だよそれ」

「フェリが寝言で呟く言葉。運命が一番多い。それと……兄さん」

「兄さん？　何だ、夢でも俺を見ているなんて可愛い奴だな」

満足げに笑うガイゼルに溜め息を吐くと、馬鹿は苛立ったように「何だその反応！」と返してきた。頭脳がどうとかアホなことを考えてしまったな、コイツはただの馬鹿だ。

兄さん、なんて。あからさまにフェリが俺達を呼ぶ時とは呼び方が違うというのに。

俺やガイゼルを呼んだものでないことは確かだ。あんな悲痛な顔で俺を呼ぶわけがない。兄さんはきっと、俺達のことではない。

それなら、夢の中でまでフェリを苦しめるソイツは一体誰なのか。

フェリが生まれた当時から塞ぎ込んでいた原因は、その運命とやらに隠されているに違いない。

「フェリが声を出していなかった理由、結局未だに分からないままだろ」

「それは……そうだな」

声音に動揺が滲む。

分からないままでいようとしたのだ、きっとガイゼルも。それがフェリにとっての禁忌であることを何となくでも理解しているから。

「俺は……フェリの今までの行動、全てに運命が関わっていると思う。声のことも、俺の最終覚醒のことも」

「だからなぁ……その運命ってのは何なんだよ？」

「……それは、分からない。運命と聞いて思い浮かぶのは……女神くらいだが」

そう言うとガイゼルも、何かを考えるような様子で黙り込んだ。

フェリが言う運命。心当たりがあるとすれば『運命の女神』だけだ。

帝国で最も信仰を集める女神、マーテル。この世界そのものの創造神としても崇められている、絶対的な神といえる存在だ。

仮に女神が関わっているとして、その仮定を真実とするならば辻褄が合う。フェリが女神から啓示を受けた可能性……だがそうなると、認めがたい事実も同時に浮かんでしまう。

「女神がチビに何かしたとして……神が直接干渉出来る人間は聖者だけだ。お前はチビが聖者だって言いたいのかよ？」

「……そうでないなら、それ以外の仮説が浮かぶか」

神に干渉出来るのも、神の代弁者たる聖者のみだ。

ここ百年聖者は現れていない。言ってしまえば、もういつ現れてもおかしくないということ。それがフェリである可能性もゼロではない。むしろ、ミアによってフェリが光属性であることがほぼ確定している今、それは限りなく確実なものになっている。

だがそうだとして、重要なのはフェリが聖者であるか否かではない。フェリが聖者でも、そうでなかったとしてもどうでもいい。不愉快なのはそこではない。

「フェリが今まで塞ぎ込んでいたのが、全て女神のせいだったというのなら……」

フェリが苦悩した三年間。それだけではない。考えすぎる節のあるフェリを、きっとこれからも苦しめていくであろう原因。

その全てが女神だったとしたら。

「何が原因だろうと関係ない。それがフェリを苦しめたという事実が一番重要なんだ。そうだろ？」

自身の中に眠る苛烈な熱が目を覚ます。

あの日のように、業火が燃え上がる感覚が中心に広がった。

ガイゼルは一瞬目を見開いたが、すぐに「そうだな」と頷いた。フェリに関することだけは、何故かいつだって意見が合ってしまう。

運命も、フェリが夢の中で語る『兄さん』とやらも。事情がどうであったって、フェリに苦痛を与える奴に返すべきことは決まっている。

俺の思考を読んだのだろう、ガイゼルが微かに口角を上げて呟いた。

「運命なんざ、女神諸共ぶっ潰してやる」

番外編①『迷子のフェリアル』

「ひますぎて、しんじゃう……」

自室で横になりながら呟く。

小屋の火事が起きてから、兄様達の過保護がさらに度を越してきた。

兄様達を筆頭に、公爵家の人たちが僕を部屋に半ば軟禁して外に出してくれなくなったのだ。

例の火事のことが、僕が思っているよりもみんなの中でトラウマとして植え付けられてしまったのかもしれない。

実際のところは分からないけれど、もしそうなら非は完全に僕にある。あまり我儘を言って困らせるのも罪悪感が……と思いつつ、ずっと自室に閉じこもってばかりではやっぱり不満も湧く。

そんな不満がついにぽろっと零れてしまった。

――そしてそれを、ちょうど自室にやってきた双子の兄様達に聞かれてしまった。これがたった今起こった出来事である。

「し……死ぬ？　フェリ、死ぬのか……？」

「暇なだけで死ぬってマジか……？　マジか……？」

ちょうど遊びに来てくれたらしい兄様達は、何やら部屋の扉を塞ぐようにして立ち尽くしている。

大困惑の兄様達は、比喩というものを知らないらしい。

サーッと青褪めた顔を僕に向けている。

それどころかお世辞にも上品とは言えない恰好……床に大の字で寝転がりぱたぱた暴れていた僕を見下ろし慌てふためいている。

「『具合が悪いのか!?』」

二人がそう叫ぶ姿に力がなくなっていく。

あわわ……またもやあらぬ誤解を……

「ディランにいさま、ガイゼルにいさま。おちついて。ぼくはだいじょ――」

僕は大丈夫です。キリッとした表情でそう伝えようとした途端、二人はさらにあわあわを深めて僕のもとに駆け寄ってきた。光より速いんじゃないかというくらい、物凄い速度だ。

「死ぬなチビィ！　生きろチビィ！」

「フェリ……フェリ……フェリが死んだら兄様も後を追うからな……」

渾身の叫びを繰り出すガイゼル兄様と、ほろほろ綺麗な涙を流すディラン兄様。

なんたるこっちゃな展開に僕まで固まってしまう。クライマックス感がすごすぎて下手なことが言えない雰囲気……

肩を両手でぶんぶんっと揺らされ眩暈《めまい》に襲われる。

おちついてガイゼル兄様、ガイゼル兄様のおかげで本当に具合が悪くなってしまいそうだ。

「に、にいさま……ほんとにだいじょぶ……うぅ」

必死に吐き気を堪えて大丈夫アピール。本当に大丈夫だから一旦落ち着こう。

「ほんとか⁉　ほんとに大丈夫なのか⁉　顔が青白いぞ！　おいシモン！　今すぐ帝都中の医者を連れてこい！」

「ヤブを寄越したら殺す。大陸一の医者を引き摺ってでも持って来い」

顔が青いのは肩を揺らされているせいだよガイゼル兄様。お医者様を物扱いしちゃだめだよディラン兄様。

なんてそれぞれにぴしゃっと言ってあげたい気持ちは山々だけれど、眩暈《めまい》がぐらぐら物凄いおかげで言うことができない。しょぼん。うっぷ。

そんな状況を見かねたのか、兄様達の大混乱の矛先になっている憐れなシモンが動き出した。

ぐわんぐわんと肩を揺らされている僕をひょいっと抱き上げて救出しつつ、慌てふためく兄様達を見下ろして「はあぁぁ……」と長い溜め息をつく。

侍従にしてはかなり強気だ。

「いい加減にしてくださいお二人とも。フェリアル様を殺す気ですか」

いつも鼻血ぷしゃーしているシモンとは思えないほどの有能侍従っぷりだ。思わずぎゅーっと抱き着くと、シモンはたちまちぷしゃーっと鼻血を零し始めた。

……うむ、いつものシモンだ。

しかし鼻血を流す姿にも構わず、ガイゼル兄様はシモンにぐっと顰《しか》めた顔を向ける。

「あぁ⁉　俺らがチビを殺すわけねぇだろ！　死にかけてるチビを助けようとしたんじゃねぇか！」

「具合が悪い時は安静にすることが何より大切です。何処のお馬鹿さんが体調不良の子供を大きく揺さぶったりするんですかまったく」

わっ！　と勢いよく叫んだガイゼル兄様だけれど、一瞬でシモンにぴたっと勢いを止められてしまった。面食らったようなびっくり顔がちょっぴり不憫。

シモンが鼻血を拭きながらまたもや溜め息を吐く。

「とにかく。心配な時はその心配をぐっと堪えて距離を保つこと。体調不良の時に大声を聞いたり身体を揺さぶられたり、ご自分ならどう思いますか？」

「……だりィ」

「そうですよね？　無闇に過度な心配を押し付けるのは逆効果なんです。分かりましたか？」

「……おう」

侍従に諭される貴族の図……普通なら有り得ないだろうに、こういうところを見ると公爵家の緩さを感じる。

ただでさえ貴族は傲慢という前提の考えがあることに加え、ここは悪役令息フェリアルのエーデルス公爵家。使用人と主人たちの、イメージと真逆の平和な光景に少し違和感を抱く。

いや、現実がこうして穏やかなのは良いことだけれど。きっとゲームではこう平穏ではなかったはずだ。

この平和な光景も、バグとして捉えると途端に危うく感じて素直に楽しめなくなる。

思わず微妙な顔で動きを止めてしまった。するとふいに隣から遠慮がちな手が伸びてきて――

「……フェリ？　難しい顔をしてどうした？　やっぱり具合が悪いのか……？」

ふと聞こえたディラン兄様の声にハッと我に返る。

気が付かないうちに、ネガティブ思考の渦に陥ってしまっていたらしい。悪い癖だ。

ムムッと表情を歪めていたことを自覚していなかった。

いけないいけない、兄様達にいらない心配をさせないように気を付けないと……と慌てて「だいじょぶ」と首を振り健康アピールをする。

けれど、どうしてかまったく信じてもらえない。

「いや、少なくとも大丈夫ではないだろう。退屈で死にそうになるくらい身体が弱いのだから」

「はぇっ。う、あの、それは、ひゆで……」

「そうだぞチビ！　大丈夫じゃねぇ時は素直に大丈夫じゃねぇって言え！　我慢すんな！」

「がまん……してない……」

俺達が無力な兄なばかりに……！　とシクシクおんおんと兄様達が悲しみをあらわにする。

なんてこったい、話が繋がらないから会話もまったく進まない。

自分の無力さを痛感するかのようにめそめそと嘆く兄様達を見下ろしているうちに、やがてふつふつとぷんすかな感情が湧き上がる。

僕は頬をぷくっと膨らませ、シモンの腕の中から抜け出し、たんたんっと軽く地団駄を踏んだ。

「たしかに、だいじょぶじゃない。とってもたいくつ。たいくつで、たおれちゃう。ぱたん」

倒れる……だと……⁉　と息を呑む兄様達。

それにむんっと胸を張りながら頷き、倒れちゃいそうですともう一度繰り返す。

どうだ、どう見ても倒れそうにはない姿だろう。退屈が過ぎると逆に具合が悪くなるっていうのが比喩だってこと、これで伝わったかな。

じーっと見つめると、やがて兄様達はあわあわと慌てながら問いを投げかけてきた。

「どっ、どうすりゃ治るんだ⁉　退屈を潰すにはどうすりゃいいんだ⁉」

「フェリ、フェリ……フェリが倒れたら兄様も後を追うからな……」

さらに大混乱なガイゼル兄様と、しくしくが増したディラン兄様。

だめだ。

期待とは裏腹に、どうやら兄様達には僕の退屈な心情が微塵も伝わっていなかったらしい。

がっくしと肩を落として踵《きびす》を返し、とぼとぼとソファへ向かう。

これはもう何を言ってもお互いにあわわの繰り返しになりそうだ。

しょんぼり腰掛ける僕を見て何を思ったのか、僕と兄様達を交互に眺めて黙り込んでいたシモンが、不意にそうだと声を上げた。

「あの、外出してみてはどうでしょう？　お三方でお出掛けをしてみるとか」

おでかけ……？　とぱちくり瞬き顔を上げる。僕の反応と同様、兄様達も同じような顔をシモンに向けていた。

きょとんと首を傾げてピタリと固まる。そんな僕たちを見て、シモンはもう一度さっきの言葉を繰り返した。

「市井《しせい》や帝都に出掛けてみては？　そういえばフェリアル様は滅多に外出されないなとふと思い出したもので。気分転換にはなるかと」

市井《しせい》、帝都、おでかけ……

聞き慣れない単語に初めは呆然としたけれど、徐々にわくわくに似た感情がじわじわと湧き上がってきた。

シモンの言う通り、僕は滅多に外に出ない。公爵家の令息としてどうしてもお父様に同行しなければいけない時や、緊急の事態が起こった時。せいぜい出なければいけない時にしか出ないから、お出掛けだなんて選択肢はそもそも浮かんでいなかった。

そうか。どうして退屈なのか、分かっていたはずなのに分かっていなかった。部屋に閉じこもってばかりじゃ退屈だと感じるのも無理はない。それなら外へ出ればよかっただけの話だ。

ここで言う『外』は結局は邸内である庭園で完結するものじゃなく、敷地の外も指したものだったのだ。

「おでかけ……おでかけ……！」

徐々に自分の表情がぱぁっと輝いていくのが分かる。

そして、そんな僕の顔を見た兄様達は、数秒考え込むような仕草を見せて互いに目配せし始めた。視線だけで何やら会話をしているみたい。双子なだけあって意思疎通も楽々みたいだ。

「外出……チビを外に……どうしたもんか……」

「外は危険だ。フェリに万が一の事があれば……」

コソコソと話し合う兄様達。会話の内容はよく聞こえないけれど、苦悶の表情を浮かべていることからお出掛けについてかなり厳しい意見が飛び交っているのはなんとなく想像がついた。

僕がかなりの頻度で庭園に出ることにすら、兄様達は陰では良い顔をしない。それが敷地外ともなるとさらに厳しい意見になるはずだ。

残念だけれど、兄様達の許可がなければ結局外に出ることはできない。

それならやっぱり諦めた方がいいかな……としょんぼり肩を落とす。

するとそれを見た兄様達が何やらピタッと硬直して、ぐぬぬと苦悩を巡らせた末に何やら決意の籠った表情で頷いた。

「よし分かった。行くか、外」

「たまには気分転換も必要だろうからな」

腹を決めた！　とばかりにうむうむ頷く兄様達。

お出掛けの許可が下りたという想定外に息を呑んで、やがてぱぁっと瞳を輝かせる。ぽわぽわーっと喜びの表情を浮かべると、二人は仕方なさそうに微笑んだ。

「おでかけっ」

わくわくしながら兄様達の手を引く。そうと決まれば早くお父様たちにも許可をもらわないと！と、半ば引っ張るみたいに兄様達の手を引いて部屋を飛び出した。

＊＊＊

「いいかフェリ。絶対に兄様から離れては駄目だぞ」

「外は危険なんだからな。いつもみたいにぽわぽわしてねぇで常に警戒しろよ」

ぽわぽわなんてしてない、と不服を訴えながらそわそわと馬車の窓を覗く。

お父様たちからも無事に許可をもらい、邸を出たのはついさっきのことだ。

露店がたくさん立ち並ぶ広場の隅を訪れ、今は馬車の中で兄様達との約束ごとを最終確認している。

知らない人にはついていかないとか、兄様達から絶対に離れないとか。約束ごとと言えば小さな子に言い聞かせるものばかりでちょっぴり不満。

けれど、二人があんまり真剣な顔をするものだからしっかりと聞く。

「フェリが思っているより外の世界は恐ろしいものなんだ。絶対に約束事を忘れてはいけないぞ」

「だいじょぶ。ぼく、しっかりやくそく、おぼえた」

ほんとかよ……と不安そうに眉を下げるのはガイゼル兄様だ。

そんなに心配しなくても、実は僕はこう見えて子供じゃないから大丈夫だよガイゼル兄様。僕はこう見えてお兄さんなんだよ。

「にいさま。はやくっはやくっ。おそと、いきたい」

約束ごとはしっかり覚えたから本当に大丈夫。それよりも早く外に行きたい。レアなお出掛けを満喫するのだ。

そう思いながら二人を急かすと、まだ心配そうな色が少し残った表情で二人が馬車の扉を開けてくれた。僕があまりにもきらきらっと瞳を輝かせるものだから、これ以上引き留めることに罪悪感を抱いてしまったみたい。

「フェリ。兄様と手を繋ごう」

「うん。おててつなぐ」

おてて……ッ！　と何やら悶絶するガイゼル兄様を横目にディラン兄様と馬車の外へ。

とてとてと下りてすぐ、外の匂いや賑やかな音が五感を刺激する。

部屋の中に籠っている時は分からない爽やかな空気をすーっと吸って吐き出すと、途端に気分が上がって心地良くなった。

「わぁっ……！」

るんるんとちょっぴり跳ねながら周囲をきょろきょろ。静寂の広がる庭園でばかり過ごしているから、こういう賑やかな景色を目の当たりにするだけで胸がドキドキと高鳴り始めてしまう。

たくさんの人々とたくさんの露店。視線があっちこっちへ彷徨《さまよ》って、どこから見て回るべきかと頭が混乱する。前世含めてこういう楽しそうな場所にお出掛けすることなんて初めてだから、どうすればいいのか分からなくてそわそわだ。

「フェリはこういう場所は初めてだったな。少し歩いてみるか？」

「うんっ」

するとそんな僕の内心を察してくれたのか、ディラン兄様が僕の手をそっと引いて、冷静な提案をしてくれた。

すぐにこくこくっと頷いて行き先をディラン兄様に任せることに。

「気になったものがあれば遠慮せず言うんだぞ」

そう言ってディラン兄様が僕の手を引き、歩き出す。それと同時に空いていたもう片方の手をガイゼル兄様にひょいっと掴まれた。

意図せず両脇に美形の青年を侍《はべ》らせるような形になってしまう。

一応貴族に見えないよう変装はしているけれど、それでもまったく意味がないくらい兄様達はとっても素敵な美形さんだ。

だから当然傍《はた》から見るとお忍びの貴族であることはバレバレなわけで……周囲からの視線をちらちらと惹きつけてしまっていることに、当の兄様達は気付いているのだろうか。

「よっしゃ、そんじゃあまず食いモンだな。チビ、肉と菓子どっちがいい」

肉とお菓子を比べるのね……と細かいところがちょっぴり気になったけれど、その疑問はサラッと流した。

うーむと悩みこむこと数秒。お肉はお腹に溜まりすぎちゃうかなと心配が勝って、結果的に「おかしがいい」と答えた。

答えを聞いたガイゼル兄様は、ほんの一瞬残念そうに眉尻を下げたけれどすぐに了解と頷く。

どうやらガイゼル兄様はお菓子じゃなくてお肉が食べたかったみたい。あわわ、お肉って答えた方がよかったかな……

「ぁ……でも、おにくもたべたい……」

小さく呟くと、ガイゼル兄様の耳が微かにぴくっと動いた。

ほんの少ししょんぼりしていたオーラがぱぁっと明るく輝いて、ゆっくりと振り返ったガイゼル兄様の表情はキラキラのぽわぽわ。

そんなにお肉食べたかったのね……と思わずほのぼの頷いてしまった。

「チビがそこまで言うなら仕方ねぇなぁ。肉も菓子も全部食い尽くしてやるか！」

ディラン兄様が呆れ顔で溜め息を吐いたのが横目に見えた。普段ならカッとなるところだけれど、ガイゼル兄様はまったくディラン兄様の溜め息なんて気にならない様子でるんるんと広場へ向かう。お肉が食べられるという事実がとんでもなく嬉しかったみたいだ。

嬉しそうで何よりである。

「行くぞお前ら！　肉だ肉！」

「先に菓子だろ馬鹿」

ディラン兄様がガイゼル兄様の頭をぺしっと小突いた。

＊＊＊

「────ぷはぁっ」

大きなクレープを食べ終えてお腹をさすさすと撫でる。ぽっこり膨らんだお腹を見下ろしてけぷっと息を吐き、ふにゃあっと力を抜いて満腹感を堪能した。

両隣に座る兄様達が手を伸ばして、僕の膨らんだお腹をぷにぷにっと突っついてくる。

一体このぷにぷにの何が気に入ったのか、どちらもふにゃあっと癒しを享受しているかのような表情だ。

「フェリ。次は何を食べたい？」

「肉にするか？　なんでもいいぞ。何でも食え」

気のせいだろうか。さっきから兄様達、なんだか僕を積極的に太らせようとしているような……

クレープの前にはお肉も食べてしまったし、流石にそろそろ胃袋が限界を訴えてきたところだ。

もう大丈夫ですと首を横に振ると、二人は一瞬残念そうに唇を尖らせた。なにゆえ。

「……本当にいいのか？　我慢しなくて良いんだぞ」

「だいじょぶ。もっとたべたら、丸くなっちゃう。ころころって、ころがっちゃう」

慎重なディラン兄様の問いにしっかり頷く。

たくさん食べて真ん丸になり、ころころーっとボールみたいに転がる自分の様子を想像してぞっとした。兄様達にも、リアルな未来を想像させればきっと食べすぎの危険性を理解してくれることだろう。

そう思い真ん丸ころころになるよと説明したのだけれど……あれれ、なんだか反応が想定と違う。

「まんまる……まんまるフェリ……」

「ころころ転がるチビ……ころころチビ……」

一体なにを想像しているのか、二人は何故かグァッと悶絶し始めた。なにごと。

「にいさま。にいさま。だいじょぶ？」

悶絶する二人が心配になり眉を下げて問い掛ける。すると二人はハッとしたように我に返り、あわあわとわざとらしい笑顔を浮かべながら大丈夫だ！　と答えた。本当かな。

「フェリ。兄様は真ん丸でころころなフェリでも大好きだからな。愛しているからな」

「む……？」

何やら上機嫌なディラン兄様にぽっこりお腹をぽんぽんと撫でられる。よく分からないけれど、大好きだと告げられたのはとっても嬉しいのでのほほんと頬を緩めた。

「ぼくも、ディランにいさまだいすき」

ふにゃりと返すとディラン兄様も嬉しそうに微笑んだ。

「チビ、俺は好きじゃないのか？　俺も転がるチビ好きだぞ」

「もちろん、ガイゼルにいさまもだいすき。ぎゅっ」

不貞腐れた様子のガイゼル兄様を見て慌てる。

慌てて大好きだと答え、きちんと気持ちを伝えるためにぎゅっと抱き着く。するとガイゼル兄様が突然ちーんとご臨終の表情を浮かべて気絶してしまった。なんてこったい。

「ディランにいさま。ガイゼルにいさまが」

「気にするな。すぐに生き返る。そんなことよりフェリ、兄様にもぎゅってしてくれ」

ガイゼル兄様のピンチをそんなことで片付けるなんて……と眉根を下げつつ、ディラン兄様にもぎゅっと抱き着く。するとすぐに抱き締め返され身体がぽかぽかと温まった。

「……む？　ディランにいさま、あの風船……？」

ぎゅーっと抱き合うこと数秒。ふいに子供たちの賑やかな歓声が聞こえた。

視線を向けると、そこには何やらたくさんの風船を持ったピエロさんの姿がある。

あれは一体何をしているのだろう。

ピエロさんの風船を軽く指さしながら問い掛けると、ディラン兄様が振り返って頷いた。

「あぁ、あれは……」

なんでもないように答える姿からして、この世界で風船を持ったピエロさんが現れるのはそう珍しいことではないみたいだ。

「子供たちに風船を配っているんだろう。街の広場ではよく見掛ける光景だ」

「ふーせん、くばる……」

その時、ふと前世での経験を思いだした。

僕以外の家族が仲良くお出掛けに行って帰ってきた時、稀《まれ》に優馬は風船を手にしていた。ショッピングセンターとか、テーマパークとか。そういうところに行った時に、たまに風船をもらうみたいで。

でも僕は家族でお出掛けなんて滅多になかったから、当然風船を手にしたことなんて一度もなかった。あの風船は一体誰から、いつどうやってもらうんだろう。気になったけれど、結局聞けなかった。だってどうせ、聞いたところで僕があの風船をもらう機会なんてなかっただろうから。

「………」

前世のことを思い返していたせいで、気が付かないうちに無言になっていたらしい。

ふと我に返って顔を上げた時、そこには心配そうなディラン兄様の姿があった。

「フェリ、どうした？　突然黙り込んで……」

そこまで言って唐突に口を閉ざす。今度は僕がきょとんと首を傾げて言葉の続きを待つと、ディラン兄様はやがて何かを察したようにピエロへ視線を向けて、その視線を再び僕に向けた。

そうしてようやく兄様がぽつりと零したのは、僕が前世からぐっと呑み込んでいた本音のひとつだった。

「……風船が欲しいのか？」

その問いに目を見開く。

まさかそれを聞かれるとは思わなくて、なんと答えるべきか咄嗟には分からずあわあわしてしまった。

「えぇっと……その……」

なんと言えばいいのだろう。欲しいというより、欲しかったというのが正しい気持ちだ。

あの時、前世で、優馬みたいに僕も風船が欲しかった……なんて。

そんなことは言えないし、かと言って、今素直に欲しいと望んでいいものなのだろうか。あぁ、前世の記憶をふと思い返してしまったせいで、なんだか気持ちが不安定だ。いつもならきちんと答えられるのに、なぜだか言葉がつっかえてしまう。

答えに苦しむ僕の表情を察したのか、なんなのか。ディラン兄様はやがてスッと目を細めると、僕の頬を両手で包み込んで真剣な表情を浮かべた。言葉を紡ぐ声にも真剣な色が籠っている。

「フェリ、言っただろ。気になったものがあれば遠慮せず伝えろと」

頬からぽかぽかと温もりが伝わって、全身に熱が回っていく。

そうだ、兄様は兄さん達とは違う。不安定な心の揺れで、少し気持ちが動揺してしまったみたい。やがて妙な不安も掻き消えて、胸にじんわりと安堵が広がった。

「あ……」

「フェリは遠慮も我慢もしなくていい。そのために兄様が居るのだから。気になれば気になると口にして、欲しければ思うがままに望めばいいだけだ」

分かったか？　と顔を覗き込まれこくこくっと頷く。否定も拒否も許さない絶対的な圧を持った視線に逆らうことなんてせず、兄様の言う通りに素直に声を出す。

「ぼく……風船、ほしい……」

するとディラン兄様は満足げに目を細めて、気のせいでなければほんの微かに口角を上げたようにも見えた。

「……よし。それじゃあ兄様と一緒に風船を——」

「偉いぞチビ！　ちゃんと欲しいって言えたな！」

ディラン兄様が優しく僕の手を引いてくれた、その瞬間。ちーんとなっていたはずのガイゼル兄様に突然わしわしと頭を撫でられ驚きで硬直してしまった。

「はわわ……」

「おい愚弟。フェリを驚かせるな。びっくりして固まってしまっただろうが」

可哀想に……と呟きながらよしよしと僕の頭を撫でるディラン兄様。やがて硬直が解けた後も撫でる手を止めないので、ひょひょいっと腕の中から抜け出して地面に下りた。

「兄さま。風船、ふうせんっ」

「あぁそうだな。早く風船を貰いに行こう」

くいくいっとディラン兄様の手を引いて進む。ムッと拗ねた顔のガイゼル兄様の手も慌てて掴んで、三人で仲良くピエロさんのもとへ向かった。

とてとてっと小走りに向かったは良いものの、子供たちが多くて中々ピエロさんの傍へ行けない。どうしたものか……としょんぼりする僕を見下ろしたガイゼル兄様が、ふと何を思ったのか子供たちを鋭く睨み付けて唸った。

「……よし、ガキ共蹴散らすか」

「むっ!?　ガイゼルにいさま、めっ！」

黒いオーラのガイゼル兄様を慌てて引き止める。

楽しみに風船を待つ子供たち。そんな彼らの前に割り込むなんていけないことだ。こういう時はしっかり待って、自分の番になるまで絶対に割り込んじゃいけない。

「またないと、だめ。おりこうさんにまつの」

ぴしっとお説教。するとガイゼル兄様は反省した様子で肩を縮めた。

「悪いフェリ……俺のこと嫌いになったか……？」

不安げな表情で問いを紡ぐ姿にびっくりしてあわあわ首を横に振る。

嫌い？　嫌いなわけない！

厳しいお説教をしてしまったからか、有り得ない誤解を与えてしまったみたいだ。

「きらい、ちがう。だいすき。ぎゅっ」

ぎゅっと足に抱き着くと落ちてくる呻き声。ぴしっと固まってしまったガイゼル兄様を大丈夫かな……と見上げた時、不意に大きな影が被さって瞬いた。

なんだろう？　と視線を向けた先には、にっこり顔のピエロさんの姿が――

「ぴっ……！」

びっくりしておかしな声を上げてしまう。

ピエロさんから風船を貰いたくてきたのに、いざ自分の番になったら突然怖くなってしまった。

勝手に足が動いて兄様達の背後に回る。それからきゅっと縋り付くように二人の服の裾を握り締めた。

「やぁ！　小さなお兄ちゃん！　ピエロさんの手作り風船はいかが？」

にこやかにそう言って、ピエロさんが風船を一つ差し出す。

小さなお兄ちゃん……お兄ちゃん……

その言葉がちょっぴり嬉しく、照れながらひょっこり顔を出し、そーっと風船に手を伸ばす。紐と軽い錘の部分をきゅっと掴んで受け取り、にこにこ笑顔のピエロさんにちっちゃな声でお礼を紡いだ。

「あ、ありがと……やさしい、ぴえろさん」

そう言って、ふにゃりと頬を緩めると、ピエロさんはほんの一瞬だけピエロさんの仮面をなくして、人間味溢れる赤面になった。

「どういたしましてっ！」とすぐににこにこピエロさんに戻ったけれど、本当に一瞬だけ空気が変わったような気がした。

ふわふわと嬉しい気分で風船を見上げる。ぽーっと風船を持っていると、そんな僕を兄様達が無言で催促して、半ば強引に僕の手を引いた。

たたーっと離れることになって振り返る。

もう少しだけピエロさんとお話ししたかったな……

でもピエロさんは僕だけじゃなく、子供たちみんなのピエロさんだ。独り占めはだめだよね。

そうしょんぼりする心に言い聞かせつつ、転ばないよう前を見る。

それよりも、風船だ。前世から欲しかったピエロさんからの風船……

嬉しくてのほほんと風船を風で揺らすと、そんな僕を見下ろして、ちょっぴり複雑そうな顔をピエロさんに向けていた兄様達が微笑んだ。

「……嬉しいか？　フェリ」

「んっ、とってもうれしい」

ふにゃあと綻ぶ表情を微笑ましげに見下ろす兄様達。

風船をぽよぽよと突っついたりゆらゆら揺らしてみたり。初めての風船にわくわくしていると、不意に兄様達にぽんっと頭を撫でられた。

「ピエロも誘惑してしまうとは、流石フェリ。愛らしい天使っぷりが留まることを知らないな」

「あのピエロ、ピエロのくせに絶対チビに欲情してやがったぜ。あれは惚れた目だった」

なぜかどやぁと頷くディラン兄様と顔を歪めるガイゼル兄様。

よく分からないけれど、ピエロさんの何かが気に入らないようだ。風船をくれて優しいピエロさんだったのに。

……もしかして兄様達も風船が欲しかったのかな。

だけど、一つの風船を三人で分け合うことはできないし……と眉尻を下げた直後、ふと広場の喧騒の中から泣き声が聞こえた。

目を瞬いて顔を上げる。

「……？　だれか、ないてる……」

ふと零した呟きに兄様達が首を傾げる。何か言ったか？　と向けられる問い掛けには応えず、泣き声に耳を澄ましてきょろきょろと辺りを見渡した。

「あ……」

見渡すこと数秒。広場の人混みの中に、ぽつんと立ち尽くす小さな人影が見えて立ち止まった。

目を凝らしてその正体を悟る。

泣いていたのは小さな少年だった。年は僕と同じくらいだろうか。気のせいでなければ、口元は『ぱぱ』と『まま』という言葉を何度も繰り返している。大きな丸い瞳からは絶えず涙が零れて、見ているだけで痛々しい。

「まいご……？」

その姿が、ふと前世の自分と重なった。

両親や兄達を呼んで寂しい寂しいと泣きわめく自分。

僕には迎えに来てくれる人なんていなかったけれど、きっと彼にはいるのだろう。

そう思ったら、勝手に身体が動いた。兄様達の制止を無視して繋いだ手を振りほどき、とたたっと少年の方へ駆け出す。きゅっと手に持った風船がゆらゆら大きく揺れるのが横目に見えた。

「だっ、だいじょうぶ？」

少年のもとに辿り着き、泣きわめくその子にそっと話しかける。

すると彼は驚いたように涙を止めて、ぽかんとした顔で僕を見つめた。

突然知らない人に話しかけられたからびっくりしたのかもしれない。

「あ、あやしく、ないよー」

知らない人に話しかけられた恐怖で泣き出してしまうかも、と慌てて怪しいものじゃないですよアピールをする。両手をぶんぶん横に揺らして怪しいものじゃないと連呼する姿は、傍《はた》から見たら逆に怪しいかもと後から気付いた。もう遅いけれど。

「あう、えぇっと、その……」

そうだ、まずは名前を名乗って安心させないと……

ようやく思い立って、自分の名前を告げようとしたその時、ふと少年がそわそわと身体を揺らしながら、警戒心をほとんど解いた表情で小さく問い掛けてきた。

「あ……もしかして、きみも迷子……？」

問われたそれにぴくっと硬直する。

いやいや何を言うか僕は迷子なんかじゃ……と笑って答えようとした時、ふと違和感を抱いてハッと周囲を見渡した。

「あ、あれ……あれれ？」

ようやく気が付く。

僕、もしかして迷子では……？

兄様達の姿が見えない。声も聞こえないし、気配もしない。人混みに紛れてこの子に駆け寄ったから、場所もいまいち把握できない。背の高い大人たちが壁になって、視界を遮っているのもピンチのポイントだ。

「ぼ、ぼくは、まいごじゃ……」

迷子じゃないよ、と安心させるための言葉を紡ごうとしたけれど、最後まで語ることができなかった。なぜか視界が潤んで見えづらくなり、小さな嗚咽も漏れ始める。

兄様達がいない。この広い外の世界で、完全に大好きな兄様達とはぐれてしまった。その事実を思い知った途端、言いようのない不安と恐怖に支配されて……気付くと、子供の身体に引っ張られて心は一気に弱ってしまったらしい。

「うっ、うぅ……う……」

風船を持って嗚咽を漏らす。

大粒の涙が一粒ほっぺを伝って、耐えていたそれが完全に決壊してしまったのが分かった。

「うぅ……にいさまぁ……！」

ぽろぽろ、ぽろぽろ。涙が溢れて自分でもぎょっとする。

早く泣き止まないと。僕はお兄さんとして、迷子のこの子をしっかり支えてあげないといけないのだから。そう思っても涙は一向に止まる気配がなくて途方に暮れる。

すると、さっきまで泣きわめいていたはずの少年が動き出したのが滲んだ視界で微かに見えた。

伸ばされた手は僕の頭に置かれ、不器用な仕草でぽんぽんと撫でられる。

「大丈夫だよ。おれがいるからね。一緒に、おにいさんを探してあげる」

「うっ……ほんと？」

「うん、もちろん。ちいさな子どもを放ってはおけないからね」

えっへんと胸を張る姿は小さな身体とは裏腹にとっても頼もしい。

思わずヒーローを見るような目で見つめると、少年はさっきまでの幼さを完全に取っ払ってにこっと笑った。自分よりか弱い存在を前にすると『しっかりしなきゃ！』と思って頼もしくなるあの現象が起こったらしい。

……って、それってまさか、僕この子にか弱い存在だと思われてる……？

「だいじょうぶだからね。お兄ちゃんが守ってあげるからね」

「あぇ、えぇ……」

あれぇ……さっきまで僕がヒーローだったのに……僕が迷子の少年を助けるかっこいいヒーローだったはずなのに……なぜか立場が逆転している……

予想外の展開に瞬く間に不安が掻き消え、兄様達とはぐれた恐怖よりもちょっとした悔しさが勝ってしまった。ヒーローフェリアル、むねん……である。

「ここだと人にぶつかっちゃうから端に行こうか。おいで、お兄ちゃんが手をつないであげる」

「うん……ありがと……」

きゅっと手を繋ぎ、もう片方の手では風船をきゅっと握ってとことこ歩き出す。

背丈も年齢も同じくらいのはずなのに、この頼りがいの差は一体何なのだろう。なぜかサラッとこの子の方がお兄ちゃんということになっているし。ずるい、僕がお兄ちゃんとして迷子のこの子を守ってあげるつもりだったのに。

「よし、とりあえずここにいよう。おにいさんの特徴をおしえてくれる？　すこし休んだら、一緒にさがしにいこう」

広場の隅に移動すると、少年が僕を宥めるように頭をよしよしと撫でてきた。

完全に子ども扱いされているようでちょっぴり不満……

でも、せっかく泣き止んでくれたのだからここは大人である僕がついてあげるべきだ。そう思って、素直に兄様達の姿を思い浮かべる。

「あぅ……えっと、とってもすてきな、美形さんなの。きらきら、たいようみたいな、かみ。あかとあおの、おめめなの」

「金髪で、赤と青の目で、イケメンか。すごいね、きみのお兄さん、すごくかっこいいんだ」

「うん。ふたりとも、とってもすてき」

「ふたり？　ってことは、きみのお兄さんはふたりいるの？」

質問に答えていくと、少年は不意にきょとんと首を傾げた。

そういえばとハッとする。そうだ、兄様はひとりじゃなくて二人だってことを言っていなかった。

「うん、ふたり。あかのおめめの兄さまと、あおのおめめの兄さま」

「あぁ！　そういうことか。分かったよ。それじゃあ、赤い目のお兄さんと、青い目のお兄さんのふたりを探せばいいんだね」

ぽん、と手を叩いて理解した様子の少年にこくこく頷く。

よかった、きちんと説明が伝わったみたいだ。危うく赤い目と青い目の兄様をひとりだけ探すところだった。

ほっと息を吐いて少年と手を繋ぎ直し、そろそろ行こうかという誘いにこくりと頷く。

疲れもだいぶとれたし、迷子の兄様達と探しに行かないと。二人とも、僕とはぐれてしくしく泣いているかもしれないから。

「よし、それじゃあ――」

それじゃあ行こうか。きっとそう言おうとしたのだろう。けれど少年の言葉は途中で途切れてしまい、どうしたのだろうと瞬いて視線を向けると、そこには目を見開いてどこかを見つめる少年の姿があった。

「っ……ママ！　パパ！」

不意に彼が叫んだ言葉を聞いてハッと息を呑んだ。視線を辿ってみると、確かにこちらに向かって必死の表情で走ってくる男女がいる。

男女は駆け寄ってくると、すぐに少年を抱き締めて涙を流した。

よく見ると、さっきまで頼もしいお兄さんみたいだった少年もぐすぐすと涙を滲ませている。

僕がいたから強がっていただけで、この子も実際はただの子供。ひとりぼっちで迷子になって、本当は相当怖かったに違いない。

「もうっ！　どこに行っていたの！　探したのよ……！」

少年をぎゅうっと強く抱き締める女の人は、きっと彼の母親だろう。抱き合う二人を安心したように見つめる男の人は、きっと父親だ。

迷子の子供を必死に探して見つけて抱き締める、なんて。そんなの絵本の中だけだと思っていた。物語の中にあるみたいな幸せな家族は、本当にこうして存在するのか、なんて。

前世では、姿の見えない僕を心配して探してくれる人なんて誰もいなかったから。だから、なんだかこの場にいるのが辛い。少年とその家族を視界に入れるのが、どうしてかとっても苦しい。

なんとなく、優馬と両親に重なって見えたからだろうか。

「さぁ帰るぞ。お前も迷子になって疲れただろう」

「うん、パパ……あっ！　ちょっと待って！　まだ帰れない！」

優しそうな父親が少年の頭を撫でる。

一度は父親に手を引かれて行きそうになった少年は、すぐに何かを思い出した様子で振り返った。視線の先にいるのは、風船を持って呆然と立ちすくむ僕だ。

彼は必死になって父親に言い募ってくれる。

「この子も迷子なんだ。お兄さん達とはぐれちゃったんだって。一緒に探してあげないと」

「おや、そうなのか。それじゃあ一緒に……――」

目の前の理想的な家族の目が僕に向く。

その瞬間、なんだか胸がざわついて思わずおかしな嘘を吐いてしまった。

「あっ……あぁ！　にいさま、いた……！」

「え、ほんと⁉」

未確認生命体を発見した時みたいに『あ！』と指をさす。

ちなみに指した方向には何もない。ただただ人混みと喧噪が広がっているだけだ。

けれど、曖昧に指さした先に何があるかなんて彼らからは分からない。少年もその両親もほっとした様子で息を吐いて、よかったねと喜んでくれた。

「う、うん。にいさまいたから、行くね。いっしょにいてくれて、ありがとう」

「こっちこそありがとう。きみが声を掛けてくれたから落ち着いた。お兄さん達、見つかって本当によかったね」

うぅ……嘘を吐いた罪悪感が……

挙動不審なのがバレないようにそそくさと立ち去る。最後までにこやかに優しく接してくれた少年にぺこぺこと頭を下げて、その場からとたたーっと走って逃げだした。

よく考えなくても、別に逃げ出す必要なんてなかったけれど。それでも、なんとなくあんなに幸せな家族を見たら心がきゅーっとなって、足が勝手に動いてしまったから。

「っ……はぁ……」

少年たち家族から見えない場所まで走ると、切れた息を整えるために立ち止まって深呼吸をした。

「ディランにいさま……ガイゼルにいさま……」

さっきの言葉は全部嘘だ。ディラン兄様のこともガイゼル兄様のことも見つけていないのに、自分から一人になって飛び出してしまった。

素直に彼らに助けを求めればよかったのに、なんて。今更後悔が湧き上がる。

「さがさ、ないと……」

しょんぼり肩を落としてとぼとぼと歩き出す。右手にしっかりと風船を持って踏み出した瞬間、すぐ横の裏路地から突然腕がにゅっと伸びてきた。

「んむっ……!?」

驚いて声を上げる間もなくむぐっと口元をその手に塞がれ、筋肉質なもう片方の腕が身体に絡んで裏路地に引き摺り込まれる。驚きでぱっと開いた右手からは、鮮やかな黄色の風船が飛び立ち垂直に空へと浮かび上がっていった。

＊＊＊

小さいガキってのは本当に、突然何をするか本当に予測がつかねぇ。

つい数秒前まで風船を呑気に突っついて大人しくしていたチビは、何を思ったのか突然焦った様子で飛び出して行っちまった。慌てて手を伸ばしたが、あまりに急な動きだったためにその手は届かず……結果的に今、絶賛迷子のチビを捜索中ってわけだ。

ディランの奴もチビが消えて焦っているのか、さっきから機嫌がすこぶる悪い。遠くからの護衛を命じていた騎士を呼び出したが、そいつらもチビの突然の動きに反応が遅れて見失ったらしい。

なんのための護衛なのか……ぶちのめすのは後にして今はチビの捜索だ。

「ディラン、そっちには居たか？」

「いや……人混みだからか情報が中々集まらない」

手掛かりになるものと言えばあの風船だけ。いや、チビの圧倒的な天使力と可愛すぎる容姿も十分手掛かりになるか。その分、アホな輩にも狙われやすくなるだろうが……

何より不安なのはそこだ。チビは可愛い。兄の贔屓目を抜きにしても、この国……いや、この大陸で一番天使だといえるだろう。あれを見て惚れない奴がいるならそれは人間じゃねぇ。

チビを狙うのは邪《よこしま》な視線を向ける輩だけじゃなく、その容姿を利用しようとするクズも当然クソほど多く含まれる。公爵家の令息、加えてあの容姿、天使っぷり……裏の人間からしても、喉から手が出るほど魅力的な存在であるはず。

そんなチビは今、きっとたった一人でこの周辺を彷徨《さまよ》っている。俺を求めて痛ましく泣いているかもしれねぇ。想像するだけで……今すぐ腹を切って詫びたくなる。詫びたくなる、が……それはチビを無事に見つけてからだ。

「クソッ……どこ行きやがったんだアホチビ……！」

「……もう一度元の場所に戻るか。もしかしたらフェリが戻っているかもしれない」

広場を駆け回ってもう数十分は経ったか。一向に見つからないチビを想い焦燥が増してきた頃、ふとディランが冷静を装って語ったそれに大人しく頷いた。

普段通り冷静沈着に見えるが、実際はコイツも相当焦っているはずだ。無表情が僅かに強張っていることに加え、微かだが火属性の苛烈な魔力のオーラが漏れ出している。

ディランはこう見えて短気だ。普段感情を内側に溜めこむ癖があるからこそ、溜まったものが爆発する時の威力が桁違いになる。

件《くだん》の火事がその例。チビを捜すのも勿論のことだが、コイツの内にあるものが爆発する前に何とか探し出さねぇと。チビに万が一のことがあった場合は……最低でもこの広場が消し飛ぶくらいで済めば良い方だろう。

「……ガイゼル、あれを見ろ」

人混みの中を駆け回って周囲を見渡していた時、ふとディランが小さく声を上げた。

チビを見つけたのか？　と慌てて振り返り、すぐに訝しく首を傾げる。ディランの視線は空に向かっていて、どこか困惑したような色を滲ませていた。

「アレって何だよ」

「あれだ。あそこに」

空を見上げている場合じゃないだろ、と呆れつつディランの視線を辿る。

見上げた先は青空。すぐに視線を移すつもりだったが、それはかなわなかった。

青空にひとつ、目立つ黄色の何かが浮かんで風に飛ばされていたからだ。

「風船……？」

見覚えのある風船。数秒じっと見つめ、ハッと思い出した。

あれはついさっき、チビがピエロから貰っていた風船だ。過剰なほど嬉しそうにチビが見つめていたから、嫌でもあの黄色が脳裏に残っていた。

「あの下に行けば、フェリが居るかもしれない」

「は？　……って、おい！　待てディラン！」

獲物を見つめるような目で風船を射貫きながら、ディランが突然人混みの間を縫って走り出す。

幸い風船の下にあたる場所は遠くない。広場から少し離れた……狭い路地の辺りだろうか。ディランを追って走ると、すぐにその場所の近くに辿り着いた。

とは言え、風船が浮き上がってきたように見えた場所は賑やかな広場から外れた裏路地。こんな場所にチビが居るとは思えねぇ。大方迷っている最中に風船を手放してしまい、その風船が軌道を大きく変えながら飛び回ったってところだろう。

そうでないとおかしい。こんな場所に万が一にでもチビが居るなんて有り得ない。

「おい、絶対ここじゃねぇって。チビが暗いところを好かねぇことくらい知ってんだろ。こんな場所にチビが好き好んで来ると思うか？」

やけに真剣に裏路地を進むディランを追いながら呆れ声で語り掛ける。

するとディランは振り返ることなく、低く這うような声で小さく答えた。

「……あぁ。好き好んでは来ないだろうな」

含みのある言い方に眉を顰《ひそ》める。

一体何が言いたい？　と問うと、ディランは立ち止まり、ようやく振り返った。

浮かぶ無表情には、警戒と暗い感情が滲んでいる。

「フェリは物を大切にする子だ。たとえ不注意でも、貰った風船をすぐに手放すと思うか？」

その言葉に、ようやく危機感と警戒心が湧いた。

チビはああ見えて執着の強いところがある。特に他人から貰った物に対しては、異常なほど嬉しがって大切に保管する癖があった。そんなチビが、呆気なく風船を手放す……？　考えてみれば有り得ない。

あのチビのことだ。きっと手に糸の跡がつくほど強く風船を握り締めていたはず。

そんなチビが風船から手を離したということは、握り締めていた手からふっと力が抜けるほどの驚きを感じたということだ。

考えれば考えるほど、嫌な予感が確実性を増す。

「まさか……」

激情で魔力が昂る気配。それを慌てて鎮めようとしたその時、ふと路地の奥から聞き慣れた声が聞こえてきた。

「――にいさまっ……！」

息を呑んだのは俺だったか、それともディランだったか。

少なくとも、駆け出したのは同時だったはずだ。普段はのほほんとした天使のように穏やかな雰囲気の声が、今は酷く恐怖に塗れて弱々しく震えていた。その声を耳にした途端感じたのは、理性が全て剥がれ落ちる気配。

声の方へ向かい、大柄な体躯の男たちに強引に手を引かれているチビを目にした瞬間、それは制止できない激情となって溢れた。

＊＊＊

路地裏に引き摺り込まれた時、現実逃避なのか何なのか、初めは兄様達が来てくれたのだと有り得ない勘違いをしてしまった。

けれど振り返って見えた数人はまったく知らない人たちだった。

困惑して動けずにいる僕を、その中の一人、大柄な男性が半ば持ち上げるように引き摺って路地裏のさらに奥へと催促してくる。

「やっ……！」

やだ、いやだ。たったそれだけの拒絶の言葉が口に出ない。まるで声を奪われてしまったかのような感覚がした。実際は突然の出来事への恐怖のせいで、お腹に力が入らなくなったことが原因だろうけれど。

「貴族のガキだな。こりゃあ高く売れるぜ」

「見ろよ。このガキ稀《まれ》に見る上玉だ。こんだけ容姿が良けりゃ相当の値が付く」

男性たちが何か言っているけれど、ドクドクと嫌な音を立てる鼓動のせいで上手く聞き取れない。

とにかく、今の状況がとってもピンチだということだけはなんとなく分かった。

けれどどうしよう。こんな展開シナリオにはないはずだ。そもそも、フェリアルという人物がこの日この広場に訪れること自体シナリオにないのかもしれないから……こういう想定外が起こるのはなんらおかしくないけれど。

それなら尚更ピンチといえるだろう。いくらシナリオの知識があるとは言え、想定外となるとそれも無意味になる。

どうしたものかと混乱の中でも冷静に考えつつ、とにかくなんとかしてこの人たちから逃げないと、と焦燥が湧き上がる。

とは言っても、そもそもここから打開する方法なんてないに等しい気もするけれど……

「っ……だれか……！」

なんとか絞り出したか細い声。けれどそれは、きっとこれじゃあ一本先の道に居る人にすら聞こえないだろうというくらい小さかった。

「てめぇ……！」

僕の声を聞いて、怖そうな男たちの一人が僕に向かって手を伸ばす。

口元を塞ごうとしているのだろう、それに気が付いた瞬間、もうなりふり構っていられないと身体に力が入った。

思いっきり息を吸って声を上げる。もしも今のこの状況が前世の自分に降りかかっていたら、きっと上げる言葉すら思いつかなかっただろう。なぜなら、きっと助けてくれると思える存在が僕にはいなかったから。でも、今は違う。今のフェリアルは違う。

――大好きな彼らは、きっとフェリアルを助けてくれるはずだ。

「にいさまっ……！」

余裕も猶予もなかったから、どちらか片方の名前を全力で呼ぶことはできなかった。にいさまと一言声を上げた瞬間、大柄な男性に大きな手でむぐっと口を塞がれたからだ。

「このガキ！　黙れ！」

怒りの形相の男性が拳を振り上げる。それを見てきゅっと目を瞑《つむ》り、すぐに襲い掛かってくるであろう衝撃に備えた直後。

突然近くから何かを殴ったり蹴ったりする鈍い音が聞こえたかと思うと、男性たちの「グアッ！」やら「ウグッ！」やらといった呻き声が路地裏に響いた。

「チビ……！」

聞き慣れた安心する声に、強張っていた身体からふっと力が抜ける。

優しい温もりがぎゅっと身体を包んで、その安堵に恐る恐る閉じていた瞼を開いた。

「……がいぜる、にいさま……？」

初めに見えたのは紺青色の見慣れた瞳。至近距離にある宝石のような瞳に囚われ、ぽそりと小さな声が零れ落ちる。その声を聞いた途端、ガイゼル兄様はぐっと表情を崩して僕を強く抱き締めた。

「ッ……チビ……怖かったな、もう大丈夫だからな……」

普段はツンと乱暴な口調のガイゼル兄様が、なぜか今はとっても穏やかに見える。

抱き締める力も優しくて、そっと後頭部を押さえて自分の胸元に押し付ける手にも乱暴さは感じない。こういう時、たまにガイゼル兄様とディラン兄様が入れ替わったみたいに不思議な感覚になるのはどうしてなのだろう。

なんて、そこまで考えてハッとした。

そうだ、そういえばディラン兄様は……？

「ひっ……！　ま、待ってくれ！　頼む……グアッ！」

ディラン兄様はどこだろう、ときょろきょろ視線を動かして目を見開いた。

見間違いだろうか、なんて。視界に映った光景があまりに驚きのものだったから。

僕に拳を振り上げた大柄な男性。下手をすれば自分よりも大きな体躯のその男性の首を、ディラン兄様が容赦なくガシッと掴んで持ち上げていたのだ。

ぽかん、と間の抜けた表情を浮かべる僕と呆れ顔のガイゼル兄様。明らかに大変な状況なのに、どうしてガイゼル兄様は慌てた様子ひとつ見せず呆れ顔をしているのだろう。止めなくてもいいのかな……なんて僕の方があわあわしてしまう。

「……貴様、俺の天使に何をしようとした？」

俺の天使とは……とさらに大困惑な僕を置き去りに、ディラン兄様はとっても熱そうな炎のオーラを纏ってお怒りモード。普段の冷静な様子を思い出してみれば分かる、これはかなりのブチ切れ具合だ。無表情でクールなディラン兄様からは想像もつかない、般若の姿。

「クッ……グェッ……た、たすけッ」

「おい、質問に答えろ。誤魔化す気か？」

誤魔化すというか、その人たぶん首を絞められて声を出せそうにないよ！　とは気軽に言えない雰囲気だ。可哀想だけれど、お怒りモードのディラン兄様がすごく怖いので声を出せない。無意識にお口チャックしてしまう。

「俺はこう見えて気が長くない。うっかり首を捻り潰してしまう前に答えろ」

うっかりぐぐ……とディラン兄様は男性の首を強く絞めてしまっている。それでいながら声を出せない男性の言葉を大真面目に待っているみたいだ。

流石にこのままではディラン兄様の手で死人が出てしまいそうだったので、さっきまでの恐怖も忘れてつい駆け出す。

ガイゼル兄様が心配そうに引き留めてくれたけれど、大丈夫だよと微笑んでその手をやんわり解《ほど》いた。

今にも大柄な男性の首を捻り潰しそうなディラン兄様。そんな兄様の腰の辺りにぴとっと抱き着くと、怖いオーラがほんの一瞬で掻き消えた。

「……フェリ？」

ぽつりと零れるのは僕の名前。

そーっと顔を上げると、目を丸くしたディラン兄様と視線が合った。

ディラン兄様の身体からふわっと力が抜けて、大柄な男性が拘束から逃れる。けれど散々酸素を制限されたせいで動けなくなってしまったのか、逃げ出す気配もなくその場にばたんと倒れてしまった。

微かに胸が上下しているから、たぶん生きている。大丈夫。ほっと一安心してもう一度視線を戻し、呆然とするディラン兄様に話しかける。

「にいさま。にいさま。ぼく、だいじょぶ」

僕は大丈夫だから落ち着いて。そう言うと、兄様は数秒ぽかんと硬直し、やがてへにゃりと無表情を崩してぎゅうっと抱き締めてきた。ぐぬぬ、苦しい……

「んむっ、にいさま……？」

「フェリ……フェリッ……無事か？　怪我はないか？　掠り傷一つでもあるなら、兄様がこのゴミ共を消し炭にしてやるからな……」

若干脅しのような声かけをさらーっと流して、僕は大丈夫だよともう一度説明する。ぎゅっと抱き着いて大丈夫だよアピールをすると、やがて兄様は心底安堵したように息を吐いた。

よかった。どうやら男性たちの命は消し炭にならなくて済んだらしい。

「一体何があったんだ？　このゴミ共は一体なんなんだ？」

心配そうにへにゃりと眉を下げて尋ねるディラン兄様。表情には心配の色が滲んでいるけれど、問いに含まれる単語には物騒なものも混じっているからドキドキする。

ぱっと見はガイゼル兄様の方が物騒に見えるけれど、実際こういう場面になるとディラン兄様の方が魔王様みたいになりがちだ。

だからしっかり見守って、ディラン兄様が暴走しないよう心がけないといけない。

そもそもディラン兄様が男性を殺してしまいそうになった原因は僕だから、当人の僕がしっかりこの場を解決しないと。

「あのね、ぼく、まいごの子をおたすけしたの。それで、にいさまたちのところに戻ろうとしたら……このおにいさんに、ぎゅって掴まれて、ここに連れてこられちゃったの」

ぱたぱたと腕を振ってジェスチャーを交えながら何とか説明する。

兄様達はうんうんと僕の話をしっかり最後まで聞いてくれて、話し終えた時にはよく言えたな偉い偉いと頭を撫でて褒めてくれた。

「そうか、分かった。話してくれてありがとうフェリ。後は兄様に任せろ」

ディラン兄様が表情を無表情からにこやかなものに変える。

いつもクールな顔のディラン兄様がこんなにニッコリ笑うくらいだから、きっと悪いことは起きないだろう。そう思いほっと息を吐いた。

それを見たガイゼル兄様がそっと僕の頭を撫でる。

「……よし、チビ。ここはディランに任せて俺らは広場に戻るか。こんな空気悪ィ場所にいつまでもチビを置いておけねぇしな」

そう言ったガイゼル兄様にきゅっと手を繋がれ、素直に頷く。

広場に戻るのは良いけれど……怖そうな大柄の男性たちのところに、ディラン兄様ひとりを残して行くのはちょっぴり心配だ。

もしものことがあったら……と不安になる僕の心情を察したのだろう、ディラン兄様は嬉しそうに微笑むと、一度僕をぎゅっと抱き締めてから耳元で囁いた。

「兄様はこう見えてとても強いから大丈夫だ。このゴミ共……悪い奴らは、兄様が責任をもって警備隊に引き渡してくるから安心しろ」

「……うん。にいさま、おきをつけて」

ぎゅっと抱き締め返してまたねの挨拶をする。警備隊に悪いお兄さん達を引き渡したらすぐに合流すると語るディラン兄様に安堵の吐息を吐いた。

ガイゼル兄様に無言で手を引かれ歩き出す。

そうして、ディラン兄様が振り返り、その表情が見えなくなった後。兄様の顔が見える角度にいる男性たちが何やら恐怖の表情を浮かべたように見えたけれど、きっと気のせいだろう。

……けれど、やっぱり聞こえる気のせいじゃない微かな悲鳴。警備隊に引き渡されるのがそんなに怖いのかな？

ちょっぴり気になって振り返ろうとした瞬間、ガイゼル兄様に視界を手で遮られて驚きの声を上げた。

「む……？　がいぜる、にいさま？」

「警備隊に犯罪者が捕まるところなんて教育に悪ィだろ。見ない方がいい」

ふむ、確かに子供に見せるには教育に悪いかも……？

ガイゼル兄様の言葉を素直に受け止めて頷く。ガイゼル兄様はそんな僕を見下ろし、何やら呆れたような表情を浮かべた。

なにごと？　と首を傾げると、兄様の呆れ顔が今度は苦笑に変わる。

「……風船飛んでいっちまっただろ。またピエロに貰いにいくか」

予想外の提案にぱぁっと瞳を輝かせる。けれどすぐにしょんぼりと肩を落とした。

「うぅん……いくつももらうのは、いけないと思う……」

首を振る僕にガイゼル兄様が「そうか？」と瞬く。その後数秒何かを考えるような仕草を見せたかと思うと、何てことないみたいに別の提案を口にした。

「そんじゃ買うか、風船。俺が膨らませてやるよ」

「……！　ふうせん、ふーふー？」

「おう。俺がふーふーして膨らませてやる」

まだ膨らんでいない風船を買って膨らませる。それなら手作りみたいでとっても楽しそうだ。

さっきまでのしょんぼり顔をぱぁっと再び輝かせて、るんるんとガイゼル兄様の手をご機嫌に振る。

ディラン兄様と合流したら、三人で一緒に風船を買いに行こう。そんなことを思いながら、ぽんっと胸を叩いて頼もしいお兄さんみたいにキリッとした顔を浮かべた。

「ぼくも、ふーふーする」

僕の宣言を聞いてぷはっ！　と吹き出すガイゼル兄様。むすっと頬を膨らませると、兄様は笑いで滲んだ涙を拭って「悪かったよ、許せチビ」と頭をぽんぽん撫でてきた。

むすっ、仕方ない。反省しているなら許してあげよう。

「ぼく、ふーふーできるの。ほんとだもの」

「そうかそうか。頑張れよ。横で応援しといてやる」

「ん。がんばる。ふーふーがんばる」

えっへん、と胸を張って言うと、ガイゼル兄様はまるで愛おしいものを見るかのように柔らかく瞳を細めた。

番外編②『公爵家の双子、看病をする』

風邪を引いた。特に重病ということはない、単なる風邪だ。

朝目覚めた時、あぁこれは……と何となく察した。いつもとは違う気怠さに少しの頭痛、喉の痛み。季節の変わり目だからこんなこともあるよね、と大して驚きはしなかった。

前世でも、風邪を引くことはよくあった。具合が悪くなると、なんだかいつもより心細くなったり、寂しくて涙が溢れてしまったりすることが多かったけれど……それも何度も経験したことだから、もう慣れたものだ。

今回も、涙を堪えて大人しくしていればきっとすぐに治る。僕は大丈夫だ。そう思った。

だから、みんなにも普通に伝えた。風邪ひいたかも、とごく普通に。熱のせいで真っ赤になった顔を、痛々しく掠れた声を晒《さら》しながら——それがどうやらマズかったらしい。

「か、かっ、風邪ですってェ⁉」

初めに侍従のシモンに伝えた。

僕とおはようの挨拶を一番目にするシモンに、目覚めた直後にサラッと報告した。

あれれ？　なんだか今日、ちょっぴり風邪ひいちゃったかも、と。

そうしたら、何やらそれがいけない判断だったようだ。普段の余裕そうな笑みをすぱーんとなくしたシモンが途端にあわあわ、目ん玉ぐるぐる。どたばたとした様子になる。

つまり、その、とっても慌てふためいてしまったのである。

風邪にトラウマでもあるのだろうか。

そう思うくらいの慌てっぷりだった。

僕が風邪を引いたと知るなり、用意するには少し時期が早い厚手の毛布を引っ張り出してきたり、湯たんぽ的なものや氷袋的なものをえっさほいさと持ってきたりしている。

それらをものの数分でこなしたシモンは、すぐに「当主様達に報告してきます！」と慌ただしく部屋を出ていった。トラウマ持ちらしいシモンしかこんなにあわあわしないだろうけれど……と思ったけれど口を噤《つぐ》んだ。僕のためにしてくれていることだし、あまり口を出したくない。

何より、シモンも他のみんなの反応を見れば分かるはずだ。僕が風邪を引いたくらいで、それほどパニックになる必要なんてないのだと。

なーんだ、風邪なんて全然怖くないじゃないか、って。みんなのいつも通りの雰囲気をその目で確かめて、納得してくれる。してくれる……はずだった。

「フェリ！」

「チビィ！」

シモンが部屋を出てしばらくして、突然二人分の足音がドタドタと鳴り響き始めた。

なにごと！　とびっくり仰天《ぎょうてん》したと同時に、二人が部屋に飛び込んでくる。

「にーさまたち、どうしてここに……？」

鼻水をぷしゃーっと処理してから問い掛ける。へっくしゅとくしゃみを繰り出しながらぱちくり瞬くと、そんな僕の姿を見た二人がへにゃっと力なく表情を崩した。眉尻が下がった心配そうな顔に見える。

「フェリ……！　身体は平気なのか……？」

いつもの冷静さをなくしてそわそわと近付いてきたディラン兄様が、同時に部屋に戻ってきたシモンに寸前で動きを塞がれる。

「近付いてはいけません」

叱られると、ディラン兄様は下がっていた眉をムッと歪めてシモンを睨み付けた。

ガイゼル兄様も同様にシモンを睨み付け、静かにディラン兄様の隣に立つ。なんだか一触即発な空気に息を呑む。すると突然頭がキーンと痛んだ。

「うっ……」

思わず、呻き声を上げながら蹲《うずくま》る。

「なッ……チビ!?」

切羽詰まったガイゼル兄様の声を聞いて流石に引き留めることができなかったのか、シモンがふと制止を緩めた。その横をガイゼル兄様がサッと駆け抜ける。それを追うように振り返ったシモンの視界に僕の姿が映り、シモンもサーッと顔を蒼白にさせて駆け寄ってきた。

「フェリアル様！　フェリアル様!?　どこか痛みますか!?」

丸まった背にそっと手を添えられる。シモンの手に誘われるようにして、起こしていた上半身を再び寝台に下ろした。歪んだ表情でぽすっと寝転がった僕に、兄様達があわあわと毛布を被せてくれる。あたたかい。

「身体を起こしてはいけません。安静に眠っていてください」

頭痛で蹲《うずくま》ったと悟ったのか、シモンが僕の額にそっと手を置いて囁いてくれる。

ひんやりした手が気持ち良い。思わずそっと擦り寄ると、シモンがはっと息を呑んでピタッと硬直した。驚かせてしまっただろうか。

すぐに硬直を解いて「タオルを用意しますね」と手を離すシモンにしょんぼりと眉を下げる。

「待て、俺がやる」

「俺達が、な。俺らがやるからお前は下がってろ、シモン」

サイドテーブルに置かれた水入りの桶とタオルに手を伸ばすシモン。そんなシモンを止めると、兄様達はシッシとシモンを部屋から追い出そうと背を押した。

「だ、駄目です！　ここから出るのはお二人の方です！　フェリアル様の看病は俺が全てやるので！　下がってください！」

「下がるかよ。弟が苦しんでるってのに兄貴が何もしねぇでどうすんだよ。なぁ？」

「今回ばかりはガイゼルと同意だ。今回ばかりは」

あたふたするシモンとニヤリと笑うガイゼル兄様、そしてこくこく頷く無表情のディラン兄様。

片割れが体調を崩した時に看病したことなんて、お互い一度もないだろうに。どうして僕だけ？

疑問を抱いたけれど、あまり思考を回すとまた頭が痛くなるので中断した。

「シモン……ぼく、だいじょぶ……」

ぐわんぐわんと揺れる視界に吐き気を催しながらも、ゆっくりと呟く。するとシモンが酷く心配そうに顔を歪めて僕の手をぎゅうっと握った。

「……分かりました。何かあればすぐに呼んでください。すぐにですよ？　いいですね？」

「ん。分かった……」

ふにゃ、と微笑むと返ってくる真っ赤な顔。何やら苦しそうに鼻の付け根を抑えながら、シモンが慌ただしく、けれど静かにそそくさと部屋を出ていった。

部屋に残ったのは僕と兄様達の三人。浅く呼吸をする僕を見下ろした二人は、不意に顔を見合わせて頷くと、突然ササササッと動き始めた。

二人同時にベッドに乗り上げ、それぞれ僕の両隣に座り込む。なでなでと僕の額を撫でる二人にきょとんと首を傾げると、にこっと優しい笑顔が返ってきた。

「安心しろフェリ。兄様がしっかり看病してやるからな。すぐに良くなるからな」

「ずっと傍にいてやるから安心して寝ろ。チビのことは俺が守ってやっからな」

キラキラッとした空気に前世で見たスチルが重なる。

なんだかとっても贅沢な経験をしてしまっているような……

あの公爵家の双子に守ってもらえて、さらに看病までしてもらえるなんて。

公爵家の双子……というよりは、大好きな兄達に、と言った方が正しいかもしれない。

風邪を引いて家族に心配されるなんて前世じゃ有り得なかったから、今のこの状況にドキドキが止まらない。家族に心配してもらえるって、こんなに嬉しいことなのか。

前世では、両親も兄さん達も僕に一切関心を持たなかった。風邪を引いても勝手に治せ、面倒なことを起こすなと罵られ叱られてばかり。心配なんて以ての外だった。

「……フェリ？　どうした、苦しいのか……？」

不意にディラン兄様の呟きが聞こえてハッと我に返った。知らぬ間に前世を思い出して沈んだ表情を浮かべてしまっていたらしい。さっきよりもさらに心配そうに首を傾げる姿に慌ててふにゃりと笑みを見せた。

「うぅん。だいじょぶ。ぼく、へーき……」

掠れた声、時々咳をしながら言っても説得力はきっとない。案の定、僕よりもっともっと顔面蒼白になったディラン兄様があわあわとガイゼル兄様に視線を向けた。

「おい。フェリが苦しそうだ。寒いのかもしれない。毛布を増やした方が良いんじゃないか？」

「あぁ……そうだな。俺が持ってくる。お前はタオル交換しろ。チビが下手に動かねぇようにしっかり見てろよ」

こんな状況なのに、ちょっぴり意外な会話にびっくりしてしまった。

てっきりディラン兄様の方がこういう時の冷静な対処法を熟知しているものだと思っていたけれど、こうして聞く限りガイゼル兄様の方が詳しそうだ。今は普段のディラン兄様よりも冷静なようにも見えるし……たまにガイゼル兄様の方がよっぽど常識的というか、まともに見えるのは一体なぜなのだろうか。

なんて、そんなことを考えているうちにガイゼル兄様が部屋を出ていってしまったらしい。気配が減ったことに気が付いてハッと顔を上げると、至近距離にディラン兄様の顔が見えてびっくり仰《ぎょう》天《てん》仰け反った。びっくりどきどき。

ディラン兄様は動く時に音を出さないから、気配が感じづらくて驚いてしまうことが多い。

「フェリ。少し額に触れるぞ。眠ければ寝ても良いからな」

掠れた声を聞かせればまた心配させてしまうだろうから、今度は首だけ動かして無言でこくりと頷いた。

ディラン兄様の手のひらが額に載せられる。どうしてここの人は手が冷たい人ばかりなのだろうと思いながらも、シモンの時と同様ふにゃあっと表情を緩めた。とっても気持ち良い。

「すぐに温くなってしまうな……ガイゼルの魔力を使えば冷たいタオルくらいは作れるだろうか」

まだ額に乗せてそれほど時間は経っていないのに、どうやらタオルが既に温くなってしまったらしい。道理で額が汗っぽくムシムシしたわけだ。

一番気持ち良いのは人の手だから、どうせならずーっとディラン兄様の手のひらを載せていてほしいくらいだけれど……それは贅沢すぎるよね。それに、僕のぽかぽかのおでこに載せていればいつかはその手も温くなってしまうだろう。

大人しくタオルで我慢しよう、とちょっぴり名残惜しく思いながらディラン兄様の動きをじっと眺めた。タオルを冷たい水で絞ってくれるらしい。ありがたい。

「こういう時は脇や首にもタオルを当てた方が良いんだったか……？」

数枚用意されたタオルを見下ろして困り顔を浮かべるディラン兄様。いつもの余裕そうな表情は掻き消え、何だかとっても心配そうな顔で僕の様子をちらちらと窺っている。

そういえば、ディラン兄様もガイゼル兄様も滅多に体調を崩さない人だった。

ディラン兄様はどちらかというと経験のないことはマニュアル通りに、というタイプだから、状況によってとる行動が変わる病気の看病なんかは苦手なのかも。

それなら僕がしっかりフォローしないと。

僕も誰かの看病とかはしたことないから、上手くフォローできないかもしれないけれど……自分の状態を伝えるくらいは出来る。

「……にいさま、へーき。このたおる、だけで……」

さっきまで額に載せられていたタオルを力なく指さす。するとディラン兄様はほっとしたように息を吐いて、そそくさとタオルを冷水で洗い再び額に戻してくれた。

うーむ、ひんやりしていて気持ち良い。

「ありがと。にーさま……」

ふにゃりと頬が緩むのを感じる。ディラン兄様はまたほっとしたように息を吐いて、ぽかぽかに火照った僕の頬にひんやり冷たい手を添えた。

「……何が原因だったんだ。フェリの体調を崩すようなものは全て排除していたはずなのに……」

ケホッと咳を繰り返す僕を見下ろし、ベッド脇の椅子に腰掛けたディラン兄様がふと呟いた。

その声には焦燥と怒りのような色が籠められていてちょっぴり怖い。

「おい！　毛布持ってきたぞ！」

ディラン兄様の只事じゃない空気にあわあわしていると、ちょうどその重い空気を断ち切るような声が響いてほっと息を吐いた。

厚い毛布を担いで部屋に駆け込んできたのはガイゼル兄様。傍《はた》から見ればとっても重そうなのに、足取りは軽やかで、まるで重さなんて一切感じていないみたいだ。

ササーッと駆け寄ってきたガイゼル兄様が厚い毛布をぼふっと僕の身体に掛ける。もともと掛けられていた毛布もそれなりに厚いから、ちょっぴり息苦しい感覚があるけれど……でも、ガイゼル兄様が僕のためにわざわざ探して持ってきてくれた毛布だ。

息苦しさよりも嬉しい気持ちが圧倒的に勝る。

「ありがと……がいぜるにーさま……」

真っ赤な顔でふにゃあと微笑む。

するとガイゼル兄様の顔が真っ赤に染まって、一瞬『もしかして移してしまった……？』と焦燥した。けれどすぐにガイゼル兄様が元気な様子で声を上げたから、大丈夫そうだとほっと息を吐いた。

「あ、あぁそうだ！　そういやさっき父上が医者を呼んでたぜ。もうすぐ着くから安心しろよ、チビ」

ぽわぽわっと熱っぽい頬を撫でられればぱちくり瞬く。

お父様がお医者様を呼んでくれたのか。

前世だとまともに病院へ連れていかれたことすらなかったから、家族が僕を心配して行動を起こしてくれたという事実だけで胸がぐっと熱くなる。

あとでお父様にお礼をしないと……と考えながらふにゃりと頬を緩め、教えてくれたガイゼル兄様の手にありがとうの気持ちで頬を擦り寄せた。

「っ……な、なんだ、今日はいつもより可愛いじゃねぇか……」

「いつも可愛いだろ。馬鹿言うな」

「馬鹿はてめぇだ。いつも可愛いが今日はもっと可愛いってこったよ。てめぇも熱で頭ボケてんじゃねぇのか？」

僕の風邪がうつってしまったのか、ちょっぴり頭が心配になる会話をし始める兄様達。何をそう真面目な顔して語っているのか……

「にーさま……けんか、めっ……」

何はともあれ二人が争うのはだめだ。掠れた声でメッを言うと、兄様達はハッとした様子であわあわと首を振った。

「喧嘩なんてしてないぞ。兄様達は仲良しだぞ」

「そうだぜ。俺ら超仲良いぜ」

わざとらしく肩を組んで語る兄様達。うーむ、ちょっぴり怪しいけれどまぁいいか。実際、兄様達はとっても仲の良い双子だものね。

よきよきと頷いてへっくしゅとくしゃみを一つ。ふぐふぐと洟《はな》を啜ると、兄様達はまたもや慌てた様子で僕のもとに駆け寄ってきた。

上半身を起こしていた僕の身体を押し倒してベッドに押し込み、厚い毛布たちをガバッと掛ける。ささっとタオルを変えられ、両手にはそれぞれ兄様達の手が置かれる。

一連の流れをぱちくり眺めていた僕を見下ろし、やがて兄様達が心配そうに眉を下げながら呟いた。

「騒がしくして悪い。安静にだったな。兄様が傍についているから、安心して眠れ」

「俺が居るからな。一緒に寝てやるから安心しろ。すぐ良くなるからな」

ぽんぽんとお腹の辺りや頭を優しく撫でられ途端に眠気に襲われる。

前世では、風邪を引いて一人で眠る時の孤独が尋常じゃなかった。

怖くて、苦しくて、寂しくて。けれど傍にいてくれる人なんて居ないと分かっているから、いつも静かに布団に潜る。そんなことの繰り返し。

だからだろうか。今がこんなにも幸福で、涙が出そうなくらい温かいのは。こうして全身全霊で心配を伝えてくれる家族の温もりが、こんなにも嬉しいものだったなんて。僕は知らなかった。

これすらも、僕ではなく『フェリアル』へ向けられたものだと分かっているけれど。それでも、この胸の内側に広がる温もりは本物だ。

「ありがと……ありがと……にーさま」

ひとりぼっちのベッドの中で流した涙。今世も同じように、ぽろぽろと涙が零れる。けれど以前のそれとは違う。これは悲しみや寂しさから溢れたものじゃなく、まったく真逆の気持ちから溢れたものだ。

「ありがとう……」

ふにゃりと頬が緩んだ感覚。

そのすぐ後、すーっと意識が遠ざかっていった。

＊＊＊

「……寝たか？」

「……あぁ。寝た」

すーすーと超絶可愛い寝息が聞こえてきたのは、チビが涙を流しながら目を瞑《つむ》った数秒後のことだった。

平気そうにしていたが、実際はかなり無理をしていたんだろう。寝ろと言ってからこんなにもすぐに寝た様子を見て少し罪悪感を抱いた。

チビが気遣いしすぎの天使で優しいことを知ってたっつーのに、無理をさせてしまった。もっと早く寝かしつけるべきだったな。

「よし、お前は出ろ。フェリは俺が守る」

「アホか。出るのはてめぇだ。チビは俺が守る」

チビの熱が移ったのか突然アホになりやがった片割れ。呆れの溜め息を零しつつ反論すると、アホはむっと眉を顰《ひそ》めてベッドに潜り込んだ。

直でチビをぎゅっと抱き締める姿に息を呑む。お前だけ狡いぞと恨み言を連ねながら潜り込み、俺もアホの逆側からチビをぎゅっと抱き締めた。

「うおっ、あったけぇ……」

「ぽかぽかなフェリ。可愛い」

最近寒くなってきたからか、チビの温もりがちょうどいいカイロのように感じてきた。手も足も絡めて全身で抱き着くと、チビの表情が突然ふにゃりと緩む。

てっきり苦しそうにすると思ったが、嬉しそうに緩むのが可愛い。

さらに抱き締める力を強めて微笑んだ。

するとチビの向こう側からディランが表情を歪めるのが見えた。

「……おい。フェリから離れろと言ってるだろ。風邪がうつるぞ」

「フリでも兄貴面するな気色悪い。素直に独占したいって言え。させねぇけど」

数秒チビを仲良く抱き締めていた俺達だが、すぐに我に返り互いに片割れの身体に蹴りを入れ合う。間違ってもチビを蹴らないよう細心の注意を払いながら、だ。

殺気を纏った静かな戦いが両脇で繰り広げられる中でも、間に挟まるチビが起きる気配は微塵もない。いつものようにぐーすかと天使の寝顔を晒《さら》すだけだ。可愛い。

「チッ……おい、やめろ。チビに当たる」

「こっちのセリフだ。野蛮に足を振り回すな。フェリを蹴りでもしたら殺す」

やがて蹴り合いをピタッと中断して舌打ちする。それでもディランが退《ど》く気配はない。

分かってはいたが、本当に面倒な片割れだ。

執着の度合いまで似るのは流石に気分が悪い。執着の対象が被ること自体気色悪いが、チビに執着するという趣味は中々良いのでそれに関しては何とも言えない。

何はともあれチビは俺の弟。チビが一番慕う兄も俺で間違いない。コイツには一歩引いて貰わねぇと困る。なにせ俺がチビの一番なのだから。

それが分からないのだから片割れは知的の皮を被った馬鹿なんだよなァと溜め息を吐いた。誰がどう見てもチビの一番の兄貴は俺だっつーのに。ったく。

「おい愚弟。気色悪いドヤ顔を晒《さら》していないでさっさと出ろ。もしくは表に出ろ。その面、何となくムカつく」

「なんとなくムカつくで片割れに殺意を向けるな愚兄」

懐から凶器を出す勢いの殺意を感じ、顔を顰《しか》める。本当にコイツがチビに向ける執着ときたら見てられん。こう見えて脳筋の馬鹿だから万が一の場合でもどうとでもなるが。

チビを抱き締めて少し退く。こんなイカれ野郎と一緒のベッドに入っているチビが不憫で仕方ねぇ。俺が守ってやるからなチビ。大丈夫だからなチビ。

「――――こらお前達!! フェリアルから離れろ！」

ぎゅうっと守るようにチビを抱き締め直した直後。突然部屋の扉が開かれた。

同時に、無意識に背筋が伸びる声が響き渡る。

反射的にぐっと身体が強張り、息を呑んだ。

恐る恐る布団から顔を出して扉の方に視線を向けると、そこには般若の形相を浮かべる父上の姿があった。

後ろには『あらあらまぁまぁ』と普段通りふわふわしたオーラを纏う母上まで居る。

そして……そのまた背後には気まずそうに笑みを貼り付けたシモンの姿が——なるほどアイツの仕業か。あとで締める。

「……父上。フェリが目覚めてしまうので大声は控えてください」

「おっとすまん……って待て！　まずお前達が控えろ！　フェリアルから離れろ！」

のそりと上半身を起こしながら呟いたディランに父上が咄嗟の謝罪を返す。すぐに我に返り反論する姿は、いつもディランと口論して稀《まれ》に言い負かされる誰かに似ている。悔しいが。

「まったくお前達はいつもいつも父を困らせて……！」

「あ、な、た。病人の前で大声を出さないで、ってディランに諭されたばかりでしょう？」

「あっ。す、すまない……」

またもや大声を発しそうになったところを母上の黒い笑みで止められて、父上がしゅんと萎縮する。

冷徹公爵などと語られる普段の威厳は見る影もない。

呆れ顔をしつつ俺もチビを離して毛布から出る。うーんと可愛く唸るチビを撫でて寝かしつけながら立ち上がり、そっとベッドから降りると、父上達のもとに向かった。

ディランと並んでスンと立つ。

そんな俺達を見下ろす父上の瞳には疲労と呆れ、そして諦めの色が浮かんでいた。

「はぁ……お前達、医者が来るまでフェリアルには近付くなという父の忠告を忘れたのか？」

「勿論覚えていましたが、承知とは言っていないので」

「俺も了解って言ってねぇ」

「お前達ッ……！」

俺とディランの答えを聞くなりぐっと仰け反って唇を噛む父上。そんな父上の肩を笑顔でぽんぽんと撫でる母上。よく分からねぇが、何か回答を間違えたようだ。

父上が何かに耐えるように震えている。

「あなた。お医者様が遥々来てくださったでしょう。早くお通ししてフェリの容態を診《み》せないと」

「ぐっ……そうだな。それが先だ。まったく……本当にまったくお前達は……！」

母上のサラリとした言葉にこくこくと父上が頷く。語尾に俺達への不満を連ねながら部屋の外へ出ていく姿には普段の冷静な公爵の影はない。邸の中だと父上は本当にただの『父上』でしかないのが愉快だ。

「ディラン、ガイゼル。貴方達も隅へ移動して。お医者様がフェリを診《み》てくださる間は邪魔してはだめよ」

「はい母上」

「了解です母上」

「クロエの話は聞くのになぁ……」

父上の女々しい呟きは無視して部屋の隅へ移動する。

その数秒後、入ってきた医者が診察する様子を『ヤブだったら殺す』の圧を向けつつじっと眺めた。

＊＊＊

「――む、うぅ……」

ふと意識が覚醒した。

しょぼしょぼとする瞳をぱちぱち瞬いて視界を明らかにする。眠る前よりほんの少しだけ苦痛が改善したかな？　と思うくらいの変化を感じながら僅かに身体を動かすと、途端にズキッとした関節痛に襲われ動きを止めた。改善したと思ったのはどうやら勘違いだったらしい。

「ぐぬぅ……」

痛みに震えつつ何とか動きを再開。よっこらせと数十秒かけて起き上がり、ぐわんぐわんと視界を揺らす眩暈《めまい》をぎゅっと目を瞑《つむ》って耐える。

しばらく待つと少し眩暈《めまい》がマシになった。本当に少しだけだけれど。

眩暈《めまい》が収まり喜んだのも束の間、今度は掠れた咳が出てしまった。喉の痛みに顔を顰《しか》めながら辺りを見渡し、サイドテーブルに置かれた水差しを見つけて手を伸ばす。

関節が鈍い音を鳴らすのも気にせず水差しを取ってこくこくっと飲み干す。腕は痛いけれど、喉が少し潤ったので結果オーライだ。

眩暈《めまい》おけ。お水おけ。あとは……ともう一度ベッドの周辺を見渡して首を傾げた。

「……に、さま……？」

一緒にいてやるからな、と頼もしい笑みを浮かべた兄様達がどこにもいない。

眠る寸前までぎゅっと抱き締めてくれていた感覚が確かに残っているのに。

……もしかして、あれは全部夢だったのかな。前世で兄さん達に見捨てられていた経験から、無意識に都合の良い夢を見てしまったのかな……

あの優しい笑顔も声も全部、全部。僕の妄想でしかなかったのだろうか。

「……ゆめ」

眠る前まであんなに幸せな気持ちだったのに、あれが全て夢だったと悟るなりずーんと気分が沈んでしまった。眠っていた場所の両脇に触れてみるけれど、温もりは一切感じない。

長い間誰も傍で眠っていなかったという確固たる証拠だ。

しょぼんと肩を落としたのは数秒。すぐにスンと復活し、まぁそうだよねと納得する。

考えてみれば、他でもない僕があんな幸せなことを経験出来るはずない。前世、実の両親にも兄達にも見放されたこの僕が。今世では兄達からたくさんの心配を受けて、愛情を受けて、風邪を引いた僕に兄様達が寄り添ってくれるだなんて。

そんなこと、普通に考えれば絶対に有り得ないことなのに。

「ばかみたい……」

涙に濡れた声が零れて自分でも息を呑んだ。

いつものことなのに、どうして今こんなにも悲しいのだろう。

兄さん達に見放された時だって、熱を出して一人で眠る寂しい夜だって、ここまで悲痛を感じたのは幼少期以降なかったのに。

だって、僕はとっくに思い知った。僕を心配してわざわざ看病してくれるなんて、たとえ僕への愛情を持ってくれている家族でも有り得ないって。それなのに、どうして。どうして……

ぐすっと洟《はな》を啜りながら目を擦る。

涙を拭って勢いよく顔を上げ、ぺしっと両頬を叩いてベッドから下りた。

いけない。風邪のせいかいつものネガティブ思考癖が、普段よりも加減を忘れて働いてしまっている。

めそめそしている場合じゃない。とにかく動いて気分を切り替えよう。

そうだ、ちょうど水を全て飲み干してしまったから、厨房に汲みに行こう。眠る前よりは体調もマシになったし、それくらいなら自分で動いて取りに行けるはず。

「よしっ」

真っ赤に泣き腫らした目と掠れた声。なんだか格好つかないけれど、気にせずひょひょいっと部屋を飛び出した。


とことこ。とてとて。

覚束ない足取りでなんとか二階まで降りて厨房への足取りを速める。タイミングがちょうど合わなかったのか、使用人とは一人も出会わなかった。

そういえばここは元々人通りの少ないルートだったし、誰とも会わずに降りてもなんら不思議じゃない。さっき時計を見たら昼時だったたし、使用人のお昼休憩とも重なったのかも。

「ふんっ、ふんっ」

足取りが覚束ないので息継ぎしながらゆっくり歩く。残念ながら身長の関係で手摺にすら手が届かないので、壁に手を当ててよっこらせと言いながら必死に歩くしかない。

僕はできる子。いける、いける。

ようやく一階まで降りて厨房までもうすぐというところ。そこで不意に風を感じて立ち止まり振り返ると、裏庭への扉が少しだけ開いていることに気が付き首を傾げた。

使用人がこの扉を使った後に閉め忘れたのかな。そう思いとてとてとそこへ向かい、代わりに扉を閉めてあげようと手を伸ばす。

その時、扉の向こう側……裏庭を出て遠く歩いたところに二人の人影が見えた気がした。

「……にー、さま？」

見えた人影は見慣れたもの。太陽に照らされ宝石のように輝く金の髪と、ここからでも分かる素敵なオーラ。間違いない。あの二つの人影は兄様達のものだ。

ちょっぴり目を凝らして見つめる。二人の傍には微かに湖が見えた。裏庭にこぢんまりと残る小さな湖。たまに散歩で僕も行く場所だ。

澄んだ水が綺麗なんだよなぁと思い返して頬を緩める。二人で仲良く遊んでいるのかな、と微笑ましく思いながら扉を閉めようとしたその時、不意に人影が起こした行動にぎょっと目を見開いた。

「なっ！　な、ななっ……!!」

遠目からでも『ちゃぽんっ！』という音が聞こえてきそうなくらいの衝撃。

どちらがそうなったのかはここからでは分からないけれど、確かに見えた。二つの人影のうち片方が、突然湖に落っこちた光景が。

「にいさま――！」

熱で霞んでいるのか思考が上手く回らない。

頭が冷静な結論を下すより先に、身体が動いた。

＊＊＊

「クッソ……！　ガチで疲れたぜ……」

「……父上の指導はやっぱり格が違う。少しは手加減してくれても良いだろうに」

ムスッとしたディランを横目に湖の岸へ座り込む。

痺れた腕と肩を回して解《ほぐ》しつつ溜め息を吐くと、ディランも同様に横へ座り込んだ。

チビへの接近禁止命令を父上から言い渡され、泣く泣く剣術の稽古でその恨みを発散させていた時。それを悟ったかのように訓練場へ父上が現れ、拒否する間もなく俺とディランどちらも父上との模擬戦闘を行うことになったのは、数十分前の話だ。

結果は見ての通り。父上に惨敗した俺達は二回戦を求める鬼畜な父上から逃れるように裏庭へ向かった。そうして辿り着いた湖のほとりで、ボロボロの身体を休めているというわけだ。

我ながら無様にも程がある。

ボロボロの身体を見下ろしクソッと悪態をついた時、ふとディランが「……あ」と声を上げた。

「……よりによって血が」

「あぁ？　お前ぜってぇチビに近付くなよ。チビを汚したら殺す」

「分かってる。フェリに汚い血を付着させるヘマを俺がすると思うか」

思わねぇな……と適当に返しながら、タオルで汗を拭う。

ディランはどちらかと言えば魔術に特化した奴だ。だから剣術の腕に関しては俺より劣る。それでもその辺の騎士を圧倒できる腕前くらいは持っているが。

だが、相手が父上となると話は別。あくまで俺より劣るディランは当然父上の剣に圧倒される。

だからこそ、こうして血が流れるほどの怪我を負うのも当然の結果だ。よくあることだから互いに特に動揺はしない。

無表情で血を拭うディランを横目に、視界に映ったのは目の前の小さな湖だった。

湖というより泉に近いが。

その湖をぼーっと見つめ、不意に思い浮かんだそれをそのまま口にした。

「どうせ目の前に水あるんだからよ、血ィ洗ったらどうだ。そのままだと拭いてもクセェぞ」

「……ふむ。それもそうだな」

軽く潔癖症のディラン。

普段なら湖で血を洗うなど以ての外だろうが、このまま血をこびり付かせて臭くなる結果と比べた末に湖の方がマシだと判断したらしい。わざわざ邸へ戻って浴場に向かうのもボロボロになった身体だと酷だろうから自然な選択だろう。

ディランは無表情のままゆらりと立ち上がり、そのまま湖の中へ踏み込んだ。この湖はクソほど浅いから腰より上が沈むことはない。

実際今のディランも腰丈ほどしか水に浸からずに、こちらを無表情に見つめている。

「……冷たい」

「文句言うな。さっさと血ィ洗え。万が一この後急にチビに会うってなった時、クセェままは嫌だろ」

チビの名前を出すなり即答で「確かに」と頷くディラン。相変わらずチビのこととなると自慢の秀才がゼロになるらしい。頭のネジがクソほど緩んでやがる。

第一チビは風邪で寝込んでいる。この後突然会うことになるなんて有り得ねぇだろうがよ、と内心ディランを嘲笑した次の瞬間、有り得ないことが起こってしまった。

声が背後から聞こえたのだ。

「――にいさま！」

聞こえるはずのない声だからこそ、反応が遅れた。

ようやく異変を感じたのはディランが振り返ってからだ。

ディランが反応したということは、声が、俺だけに聞こえた空耳ではなかったということになる。

数秒片割れ同士で見開いた目を合わせ、やがてハッと振り返る。それと同時に『ばしゃんっ！』と何かが湖に落ちる音が響き渡った。

視界の端に直前見えたのは、林檎のように真っ赤な頬とふわりと靡《なび》く柔らかい髪。

「……は？」

「……あ？」

時が止まったような感覚が数秒続いた。

水面が一部バシャバシャと激しく揺れる光景を見下ろし、やがてハッと我に返る。

「は、え……ッあ⁉　チビ⁉」

ぶくぶくと水面に上ってくる泡。バッと立ち上がったのとディランが慌てて動き出すのはほぼ同時のことだった。

二人で同じ水面に両腕を突っ込み、触れたそれをぎゅっと抱いて持ち上げる。ディランと同時に持ち上げたらしく、俺はチビの両脇、ディランはチビの腰を両手でぎゅっと掴んでいた。

「っぷはぁ！　あわわっ」

数秒息が止まったことで軽くパニックになったのか、全身濡れたチビがあわわっと両手をバタバタし始める。がくがくと震える身体を見下ろし慌てて上着を脱ぎ、巻き付けるようにそれでチビを包んだ。

水で濡れたディランを押しのけ、運動後の熱が残る俺の腕の中でぎゅうっと温める。

ディランがすかさず魔力で炎を起こし、チビの全身に炎の温かさを纏わせるように魔術を呟いた。

「はわ、はわわっ……んむっ、むぅ。あったかい……」

数秒後、術が効いたのかチビが震えを収めてほぅっと息を吐いた。それを見て安堵し、俺とディランも長い息を吐く。気が付かないうちに緊張で息を止めていたらしい。慌てて呼吸を再開して息を整えた。

しばらくの間流れる沈黙。きっと全員が、状況の理解が追い付かずフリーズしているだろう中、初めに我に返ったのは俺とディランの方だった。

じんわりと広がっていた安堵が掻き消され、途端に頭が焦燥と怒りで支配される。ディランとほぼ同時にチビに向けて声を上げてしまった。

「ッこのアホチビ！　何やってやがる！　死にてぇのかッ！」

「フェリ……どんな悪戯もフェリがすることなら愛らしいが、今回ばかりは見逃せないぞ」

静かに真っ黒なオーラを纏い、怒りを顕にするディランと、怒声を張り上げる俺。

それを見たチビはビクッと肩を揺らし、やがてじわっと涙を滲ませた。くしゃっと崩れた表情が痛々しくて思わずよしよしと甘やかしそうになるが、ディランの言う通り今回ばかりは本当に見逃せない。

心苦しいが、ここは心を鬼にしてでも説教を続けなければならない。俺らが危険に晒《さら》されるのならともかく、さっきの悪戯はチビの命に関わるものだ。笑って済ませられる問題じゃない。

そもそもチビが悪戯をするなんざ本来有り得ない。チビは周囲に気を遣いすぎるほど遣う天使だ。戯れ程度の悪戯すら起こすことはない。ましてやこんな悪質なことをチビが楽しんでするわけ……

「……？」

そこまで考えて、ふと首を傾げた。

ディランも同様の思考を巡らせていたらしい。俺と同じように首を傾げて違和感を宿した瞳をチビに向けている。

そう、チビがこんなことをするはずがない。この行動が悪戯なはずがないのだ。

「……チビ。チビ、怒鳴って悪い……初めに話を聞かない俺が悪かった……」

「フェリ……泣かないでくれ……兄様が馬鹿だった。一方的に怒ったのは間違いだった……」

ぐすんと洟《はな》を啜って涙を堪えるチビ。大粒の雫を溜めながらむぐっと嗚咽を我慢する姿は、見る側に相当クるものがある。

なんだこのとんでもねぇ罪悪感は……

ぎゅうっと抱き締めてから、背中をよしよしと撫でてやる。ディランもチビの背後から頭を撫でたり頬を撫でたりと忙しない。やがて落ち着きを徐々に取り戻したチビは、最後にもう一度ぐすんと洟《はな》を啜ってぶんぶんっと首を横に振った。

「めっ、めん、しゃっ……しゃいっ……」

めんしゃい……ごめんなさい？　めんしゃいって言ったのか今。可愛すぎるだろ。

一瞬我を忘れてチビの頭に頬をうりうり擦り付けてしまった。慌ててハッと我に返り、ぐすぐすと何度もごめんなさいと口にするチビに今度はこっちが首を振る。

チビが謝る必要なんか欠片《かけら》もない。悪いのは焦って事情も聴かずにチビに怒声を浴びせた俺の方だ。俺が馬鹿だったのだ。

「チビは悪くねぇ。チビがこんな悪い事するわけねぇって分かってたのにな……焦ってチビに当たった俺が悪かった。チビは悪くねぇよ、だからもう謝るな」

「ぐすっ……うぅ……」

俺が怒りの形相を引っ込めて穏やかな声を発したことに安堵したのか、チビは溜めていた雫を途端に溢れさせてぐすぐすと泣き出した。

チビの泣き顔には弱い。今何かしらをチビから要求されたら全てを叶えちまう自信がある。死ねと言われたら死ぬし、誰かを殺せと言われたら当然殺せる。そのくらいチビの泣き顔が最高に可愛い。

「フェリ、よしよし。兄様は全然怒っていないぞ。兄様はニコニコだぞ」

「少なくとも笑ってから言いやがれ馬鹿。その顔じゃ説得力ゼロなんだよ」

無表情でニコニコだとか抜かしやがるアホの発言を切り捨てる。確かに怒ってはいないようだが、その無表情を何とかしねぇと説得力が欠片《かけら》も生まれねぇ。

それよりも、だ。俺はディランの馬鹿から視線を外してフェリを見つめた。

「チビ……お前、なんで急に湖に飛び込んだんだ。悪戯じゃねぇのは分かる。悪ふざけでそんなことしたわけじゃねぇもんな？」

「うぅ……っん、うん……」

アホの笑顔なんざどうでもいい。それよりもチビだと切り替えて問いを投げかける。この混乱具合だと言葉を羅列することも難しいかと思い、首を横か縦に振るだけで回答になる問いにした。

すると案の定、チビは落ち着いた様子で俺の問いを処理する。

こくりと頷く姿にほっと息を吐き、柔らかい髪を優しく撫でてやった。チビは撫でられるのが好きらしいからこうすれば混乱も止められるだろう。

「いい子だ、フェリ。少し息を整えるか」

「ん、んっ……」

ディランの低い声に誘われるように再び頷くチビ。

大きな不安を堪えるようにきゅっと俺の服を握り締める小さな手が愛おしい。思わずその手を上からそっと覆い、ぎゅっと握り締めてやる。

俺とディランが与える温もりや動き次第で安堵の度合いを変えるその姿。まるで保護してくれる存在が居なければ何もできない雛鳥のようで、頬がくしゃっと歪むように緩んだ。

「……っに、にぃさま、が……っ」

柄にもなく緩んでいた頬をハッと引き締める。チビが言葉を紡いだことに息を呑みつつ、一文字も逃さないよう耳を澄ました。

「でぃらん、にいさまっ……みずに、おっこちた、から……っ」

「……俺？」

最後まで聞き取り、流れたのは数秒の静寂。

その後、みるみる目を見開いたのはディランだった。愕然と黙り込む俺の代わりに、ディランが震える声を紡いでチビに問い掛ける。

「まさか……俺が湖に落ちたと思って、助けようとしてくれたのか……？」

こくこくっと必死に頷くチビを見て、口も目もあんぐりと間の抜けた開き方をしてしまう。

ディランが湖に踏み入る様子を見て、落ちたと思い込んだのか。それを見て自分も湖に飛び込んで助けようなんざ、普通の人間なら考えるまでは出来ても実行はできないだろう。

だというのに、チビは実際に動いた。耳に残るあの必死な声でディランを呼びながらだ。

頭より先に身体が動いたとでも言うのか。

「っ……フェリ……！」

俺の腕の中からチビを奪い取り抱き締めるディラン。気に入らねぇが、仕方ないから譲ってやろう。まったく愉快じゃねぇが、チビもディランに抱き締められて嬉しそうだからな。まったく愉快じゃねぇが。

「フェリはなんて優しい子なんだ……なんて素晴らしい天使なんだ……」

「にいさま、ちょっぴり、くるしい……」

「愛してるぞフェリ。大好きだぞフェリ。フェリの天使っぷりが凄まじかった記念に今日と言う日をエーデルス領の祝日としよう」

他でもないチビが命を張ってまで自分を助けようとした。その事実があまりに嬉しすぎたのか、アホがさらにアホなことを言い出したことに溜め息を吐いた。こうなるのはいつものことだから大して驚きはしない。

「おい馬鹿。いい加減にしろ馬鹿。そろそろチビを返せ馬鹿」

無表情で最大限浮かれているアホな片割れに鉄拳を食らわせる。怯んだ隙にチビを奪い返し、苦しそうにはふはふと呼吸するチビを柔《やわ》く抱き締めてやった。

苦しかったなチビ。俺が守ってやるからなチビ。

「邸に戻るぞチビ。お前自分で忘れてっかもしれねぇが、一応病人だからな。湖に飛び込んだせいで悪化した可能性大アリだからな」

「はっ……！」

淡々と呟いてスタスタと邸へ。腕の中のチビが思い出したように息を呑み、途端にサーッと顔を蒼白にする様子に呆れて溜め息を一つ零した。

どうやら今の今までクソ怠い体調を心身共に忘れていたらしい。んなアホな。

「自覚したら急に具合悪くなってきたか？　ん……？　何だ、マジで急にぽかぽかになってきたな」

再びはふはふと呼吸を荒くし始めるチビ。蒼白になっていた顔が今度はぽっと真っ赤に染まる。

突然熱っぽく火照り始めた身体に今度は俺がサーッと蒼白になる。ぷしゅーっと湯気を吐き出すように意識を手放すチビを見下ろし慌てて邸まで走り出した。

＊＊＊

ディラン兄様が湖に落っこちたように見えたのは、どうやら僕の勘違いだったらしい。

考えてみればあのディラン兄様が足を踏み外して湖に落っこちる、なんて僕みたいなポカをするはずがなかった。そもそもディラン兄様が転ぶ光景すら想像しづらいというのに。

熱のせいで思考が鈍くなっていたらしい。何も考えずぷしゃーんと湖に飛び込んだことを思い返し、改めてとんでもないことをしてしまった……と反省した。

「まったく……風邪を引いているというのに湖に飛び込むドジがあるか……」

邸に戻ってすぐ。僕が部屋からいなくなっていたことに気が付いた使用人たちやお父様たちが、僕の知らぬ間に大混乱に陥っていたらしい。大慌てのお父様が、ガイゼル兄様に抱かれる僕を見るなりほっとしたようにくずおれた。

そして部屋に戻りこの通り。呆れ顔と呆れ声でこうしてプチお説教を僕にしているというわけである。ごめんなさいお父様。わざとじゃないんだよ。

「ディランにいさま、ぴんち、だとおもって……」

けほっけほっと咳を零しながら反省の答えを返す。するとお父様はぐぬぬ……と悩みこむように唸って「それなら仕方ない……か？」と自問自答し始めた。だいぶ混乱しているみたい。

「フェリは俺のために命を張ってくれたんです。俺のことが好きすぎるあまり無理をしてしまっただけなんです」

「嬉しそうな顔で言うな気持ち悪ぃ」

お父様のプチお説教から庇ってくれるディラン兄様。僕の額にタオルを載せながらそう語るディラン兄様の言葉にお父様がまたもやうーむと唸る。

それにガイゼル兄様がぴしゃっとツッコミを入れる。

ふむ、確かになぜかディラン兄様の無表情がちょっぴり嬉しそうだ。

ふわふわーっと花が舞っているみたい。

僕の視線を追いかけて、お父様が眉根を寄せる。

「む……とは言え今回の件を不問にするわけにも行かない。フェリアルの命に関わる問題だったのだから」

その言葉に兄様達も途端にぴしっと背筋を伸ばす。僕もベッドの中でむんっと口を閉ざした。

下手なことを言えない雰囲気だ。

じっと言葉を待っていると、お父様は数秒黙り込んだ後、重々しく言った。

「とりあえず、フェリアルは全快するまで部屋から出ることを禁ずる。ディラン、ガイゼル。お前達もフェリアルには近付かないように」

風邪が治るまで部屋から出てはいけない、という指示にしょんぼり肩を落とす。部屋から出れば誰かにうつしてしまうかもしれないし、仕方のないことだけれど。

むぅ……と唇を尖らせるだけに留めたけれど、実際はちょっぴり不満。そんな不満を抑え込んで黙り込んだ僕とは裏腹に、はっきりとお父様の指示を拒絶したのは兄様達だった。

「「嫌です」」

ツーンと眉根を寄せて首を振る兄様達。この反応にもだいぶ慣れてしまったのか、お父様は特に驚く様子を見せず「はぁ……っ」と長い溜め息を吐いた。

「ディラン……ガイゼル……」

「フェリと離れ離れだなんて耐えられません。無理です」

「俺も無理だ。チビが全快する前に俺がチビ不足で死ぬ」

ベッドで寝込む僕に覆い被さりむぎゅーっと抱き着く兄様達。その様子を見て今日何度目かの溜め息を吐いたお父様が何か言いたげに口を開く。

その瞬間、突然覆い被さる二人の身体がぐっと重くなった気がした。

「む……にーさま？」

ぐったりと被さる重みに思わず掠れた声を零す。

なんとか首を動かしてお腹の辺りを見下ろすと、真っ赤な顔ではふはふと荒く息を吐く兄様達が見えてぎょっと目を見開いた。

「なっ……！　ディランにいさま、ガイゼルにいさま……っ」

あわわっと声を上げた僕に怪訝そうに首を傾げるお父様。ぐったり倒れる兄様達を不思議そうに覗き込んだかと思うと、お父様は突如ハッと息を吞んで使用人に指示を飛ばした。

「医者を呼んでくれ！」

結果は案の定。どうやら兄様達も風邪を引いてしまったらしい。

呆れ顔のお父様は、お医者様の話を聞くなり完全に諦めた様子でぐったりと頷いた。もう兄様達にぴしゃっとお説教や指示をすることはなかった。

ふわふわ微笑むお母様に連れられ、とぼとぼと何処かへお父様が去っていく。

お父様も大変なのね……と元凶の立場で眉尻を下げてしまった。

「うぅん……」

そうして、一人になった部屋でしょんぼりとベッドに潜り込む。

絶対安静を言い渡された兄様達はそれぞれの自室に戻ってしまったから、昼間のように一緒に過ごすことはできない。そもそも風邪をうつしてしまう可能性があったから、あのままずっと一緒にいてもらうつもりはなかったけれど……

それでも、さっきまで賑やかだった空間がこうも突然静かになるとやっぱり寂しい。早く寝て、早く回復できるように努めた方がよさそうだ。

さらに布団を引き上げてきゅっと目を瞑《つむ》る。

「さむい……」

どうしてだろう。一人で眠るのは慣れているはずなのに、どうしてかとっても寒い。

ガイゼル兄様に厚い毛布を持ってきてもらった時は、ちょっぴり息苦しいかもとまで思ったのに。

さっきより体調が悪化しているのだろうかと少し不安になる。

けれど、すぐにそれが思い違いであることを悟った。なぜなら、突然身を襲ったこの寒さは、気温や体温に悲鳴を上げているものとは少し違ったからだ。

これはそう……温もりが、人肌が足りない。そういう寒さだ。

「にいさま……」

じわりと視界を滲ませる大粒の雫。

泣いたら症状が悪化してしまう！　と慌てて涙を引っ込めようとするけれど、なぜか衝動が一向に収まらない。まるで小さな子供みたいに、その衝動のままにぽろぽろと涙が零れてしまう。

昼間に風邪を引いたと知った時、すぐに兄様達が看病に名乗り出てくれた。僕の両隣に潜り込んで、そばにいるからなと言ってくれた。一緒に眠ってやると言ってくれた。

だから、あの言葉に僕は無意識に安堵して、この寂しさを知らずに済んでいたのだ。

けれど今は違う。今、兄様達はそばにいない。一緒に眠ってくれるわけでも、傍にいてくれるわけでもない。それがこんなにも……寂しい。

おかしいな。前世から、ひとりぼっちの状況なんて毎日のように続いていたのに。こうして体調を崩した日だって、いつもひとりで乗り越えていたのに。

兄様達がそばにいないこの状況がどうしてか耐えられない。寂しい、寂しい……

「う、うぅ……」

ぐっと涙を堪える。掛け布団を顔の辺りまで引き上げて、出来る限り声を押し殺す。耳も口も塞いで、ひとりぼっちという状況にあまり思考を回さないように。

そんなことをしていたから、気が付かなかった。

扉がゆっくりと開く音にも、そこから小さく響く二人分の足音にも。

「……っ?」

めそめそと涙を堪えていると、ふと両脇から布団が微かに持ち上げられてぴくっと硬直した。

がさごそと音を立てて潜り込んでくる二人分の気配。息を殺してじっとしていると、両脇に潜り込んできた二人に同時にぎゅうっと抱き締められた。

「はぅっ……!?」

硬直していた身体がビクッと震える。

その震えを宥めるようにぎゅうっと身体を包む四本の腕。とっても動きづらいけれど、その不自由さがなぜだか嬉しい。優しく身体を包み込んでくれる温もりに安堵が広がる。

恐る恐る布団から顔を出して見上げると、そこには大好きな二人の優しい表情があった。

「寂しくなかったか？　兄様が来たからにはもう大丈夫だぞ」

「苦しかったら言えよ。秒でこのアホ蹴落としてやるからな」

淡々としているけれど、よく聞けば穏やかな色を感じる低い声。ちょっぴり荒い口調だけれど、節々に優しさが籠められた声。

二つの声を聞いた瞬間、ぽろぽろと零れていた涙がぴたりと止まった。びっくりするくらいの安堵が身を包んで、つい数秒前まで感じていたはずの寂しい気持ちが綺麗さっぱり消えてしまったのだ。

「ディラン、にいさま……ガイゼルにいさま……どうして……」

小さく零した声に二人が反応する。

「同じ病人だから引き離される理由がない。俺とフェリが一緒に寝てもなんら問題がないから来た」

「風邪引いてっから寒いんだよ。ちょうどいい体温の抱き枕があったから来ただけだ」

堂々と開き直るディラン兄様とツンと答えるガイゼル兄様。

二人の答えがなんだかおかしくて、思わずくすっと笑みが零れる。

僕の微かな笑顔を見た二人がとっても驚いたように目を見開いて、なぜか苦しそうに……感極まったように、顔を歪めた。無言で抱き締める力を強める腕も、こころなしか少し震えているような気がした。

それが不思議だったから、僕も二人をぎゅうっと抱き締めてうりうりと頭を擦り付ける。嬉しい気持ちをどうにか伝えたくて、掠れた声でぽそっとお礼の言葉を零した。

「さみし、かったの……ありがと、にいさま……」

本当はすごく寂しかった。普段は本音を零すことなんて難しくてできないけれど、今は熱で頭がぼやけているせいかスルッと気持ちが声に出た。

寂しかった、なんて。面と向かって言うのはやっぱり鬱陶しかったかな……。そんなネガティブな思考が巡りそうになった時、突然兄様達にうりうりと頬擦りされて思わずあわわっと困惑してしまった。

「そうか、そうか……寂しかったか……きちんと寂しいと言えて偉いぞ、フェリ」

偉い偉い、と頭を撫でられ呆然とぱちくり瞬く。

むぎゅーっと強く抱き締められて、どうして偉い偉いと褒められているのかは分からないけれど何となく嬉しい。よく分からないけれどふにゃあっと頬を緩めて、二人からの抱擁をぎゅっと受け止めた。

熱のせいで火照った身体がさらに熱くなるけれど、それも気にならないくらい、むしろ心地よく感じるくらいの気持ちだ。

広いベッドの上、三人でぎゅーっと身体を寄せ合いながら眠りにつく。すやすやと寝息を立てて意識が遠のくまで、頭や背中を撫でる大きな手は優しい動きを止めなかった。

＊＊＊

それから数日、僕は呆れ顔のお父様とふわふわ微笑むお母様に見守られながら、同じく風邪を引いた兄様達に看病されてしっかり回復していった。

兄様達も病人なのだから安静にしていて！　と告げても二人は看病の手を止めなかった。一人ぐったりする僕を元気そうに介抱する姿は、普段の兄様達と特段変わりないようにも見えた。

後から聞いた話だけれど、どうやら二人は風邪くらいではまったく具合が悪くならないらしい。多少身体が火照る程度で、僕みたいに頭痛や眩暈《めまい》を起こすことはないみたい。

これも攻略対象者という主要人物の特典みたいなものなのかな。風邪を引いたら死の縁を彷徨《さまよ》うこともあるくらい弱い身体を持つ僕からすると、正直とっても羨ましい体質だ。

いや、けれどよく考えたら、毎日のように身体を動かして鍛錬している兄様達とぐーたらしてばかりの僕では、こういう時に差が出て当たり前か……

やっぱり普段から運動をするべきだ！　と思いつつ、ちょっぴり危ないことをしただけでも大騒ぎする公爵家の皆を見ているのであまり気乗りしない。

度々シナリオの関係で危険なことに首を突っ込んでいることへの罪悪感もあり、こういうシナリオに関係ないところではなるべく心配をかけたくないという気持ちもある。

うーむ、この辺りが少し難しいところだ。

「――フェリ？　どうした、まだ体調が戻らないか？」


数日が経ち、久しぶりの外。久しぶりのお散歩。

風邪も無事に完治し、庭園のベンチで日向ぼっこをしていたとある日の昼間のことだ。

うむうむと眉根を寄せて悩み込んでいた時、不意に声を掛けられてびくっと肩を揺らしながら振り返った。

「ディラン兄さま。ガイゼル兄さま」

こんにちはと続ける僕をひょいっと抱き上げ、膝に乗せつつベンチに腰掛けるディラン兄様。そしてそれを呆れ顔で眺めながら隣に座るガイゼル兄様。

二人とも額から僅かに汗を流している。どうやら剣術のお稽古終わりみたいだ。病み上がりなのにすごいなぁとぽわぽわ思いながら、心配そうに眉尻を下げるディラン兄様を見上げて首を傾げる。

「可愛い額に皺が寄っているぞ。どこか痛いのか？　苦しいのか？」

「だいじょぶ。ぼく、げんき」

「本当か？　一昨日まであれほど苦しそうにしていただろう。病み上がりは身体が弱くなっている。また風邪を引いたのなら大変だ」

そう言って僕をぎゅうっと抱き締めるディラン兄様。

相変わらずの心配性にちょっぴり頬が緩んだ。

「そうだぞチビ。チビは弱っちぃからな。そんな薄着で外に居たらまた風邪引くぞ」

「今日はぽかぽかだから、だいじょぶ」

「ぽかぽか？　何だそれ、いちいち可愛すぎだろ。ぎゅーして潰すぞコラ」

ガイゼル兄様もディラン兄様の言葉に頷いて追撃してくる。

それにふりふりと首を振って大丈夫と答えると、ガイゼル兄様は強面の美形をさらに威圧的にしてぎゅーっと抱き締めてきた。

ぐぬぬ苦しい……。

ぷはぁっと腕の中から顔を出してガイゼル兄様を見上げる。ぱちくり瞬いてむぎゅっと無言で抱き締め返す。するとガイゼル兄様が「グハッ」と呻いて仰け反ってしまった。

「ぼく、ほんとにだいじょぶ。くるしいより、とってもうれしかった」

「グッ……ん？　嬉しい？」

僕がふと語った言葉を聞いて、仰け反った背をひょいっと元に戻したガイゼル兄様。ディラン兄様も僕の『嬉しい』という発言に目を丸くしている。

どうやらちょっぴり伝わっていない様子。慌ててさっきの言葉に説明を付け足した。

「いつも、ひとりでねる。ひとりで、すごす。でも、かぜひくと、にいさまたちが来てくれるの。ひとりじゃないから、とってもうれしいの」

言葉にするとなんだか恥ずかしくて、ぽっと頬を染めつつ俯いて語る。

数秒経っても二人からの反応は聞こえなくて、その沈黙を埋めるようにあわあわともう一度口を開いた。

「か、風邪、ひくのも……たまには、いいかも……なんて」

えへへと頬を緩めながら呟いたそれは、兄様達が息を呑む音と気配で語尾が掻き消された。ほんの数秒前まで無言だった兄様達が、わっと勢いよく声を上げる。

「アホチビ！　風邪引かなくても一緒に居てやるっつーの！　お前が望むなら俺らの部屋一緒にしても良いんだぜ？　もちろん寝る時も同じベッドだ」

「フェリが望んでくれるなら、兄様はいつでもフェリと一緒になる準備が出来ているぞ。風邪など引かなくても兄様達はいつも一緒だ」

二人の言葉に息を呑む。きっかけがなくたって、仕方ないと思える理由がなくたって、二人は僕と一緒にいてくれる。そばにいてくれる。実際に面と向かって言葉にされると、びっくりな気持ちが大きくて。

風邪を引いた僕を心配して傍についていてくれるだけでもありがたいのに、何もなくても傍にいてやる、なんて。そんなことを言われたら、嬉しくて幸せで、どうにかなってしまいそうだ。

「なにもなくても、いっしょ？」

「ったりめーだ。つーかいつも一緒だろうが。今更なに驚いてんだよアホチビ」

目を見開いて呆然と呟く僕の額を、ガイゼル兄様が呆れ顔でぴょいっとデコピンする。出来るかぎり手加減してくれているのは分かるけれど、それでもちょっぴり痛い……おでこひりひり……

「んなことよりお前、ちっとは動いて身体あったためろ。リハビリで散歩だ散歩。よし行くぞ」

僕の身体が思ったより冷えていたのが気になったのだろうか。

ガイゼル兄様は突然気になった様子で立ち上がると、僕をひょいっと抱き上げたまま歩き出した。

まって、まって。

「……あの、にいさま……おさんぽ、だから、おろして……」

「あ？　何言ってんだ？　俺が抱っこしてやるに決まってんだろ。妙なこと言ってねぇで行くぞ」

動いてあったためろと言ったのはガイゼル兄様なのに。これじゃあ抱っこされたままだから動いたことにならないのでは……？　と眉を下げたけれど、それを伝えても兄様はぷいっと知らんぷり。

困った……とディラン兄様に視線を向けてみたけれど、ディラン兄様はガイゼル兄様の説明に納得した様子で口を閉ざしていた。なんてこった。

「よし。風邪と勇敢に戦ったフェリへのご褒美に、フェリの好きな蝶々を探しに行くか。ガイゼル、お前は四つ葉を探せ」

「おい、明らかに俺の役割の難易度高いだろ。いい加減にしろ」

蝶々と四つ葉！　聞くだけでもわくわく心躍る単語に瞳を輝かせる。

歩けず抱っこのままということへの違和感は一瞬で掻き消された。それより蝶々と四つ葉だ。わくわく。わくわく。

「ガイゼルにいさま。いっしょによつば、さがす」

きらきらっとした表情で誘うと、ガイゼル兄様は疲れ顔を一転嬉しそうに輝かせて頷いた。

なぜかディラン兄様に向かってハッと嘲りの笑みを浮かべるガイゼル兄様。対してそれを受けたディラン兄様は何やら悔しそうにぐぬぬと唸っている。二人とも、突然どうしたのだろう。

「ちょうちょっ、よつばっ」

まぁいいか。それより今は蝶々と四つ葉だ。

るんるんと身体を揺らし始める僕を見下ろし、二人はハッとした様子で止めていた足を再び進め始める。微笑まし気な二人の表情にきょとんと首を傾げた。

数日前までの風邪でちょっぴり兄様達と距離が縮まった気がする。そんな気がするだけだけれど……単なる気のせいじゃなかったら嬉しいな。なにもなくても一緒にいてくれるって、胸がぽかぽかになることを言ってくれたのもそうだけれど。

なんて思い返しながら、大好きな兄様達と一緒に蝶々と四つ葉探しのお散歩へ向かった。

この作品に対する皆様のご意見・ご感想をお待ちしております。
おハガキ・お手紙は以下の宛先にお送りください。

【宛先】
〒150-6019 東京都渋谷区恵比寿 4-20-3 恵比寿ｶﾞｰﾃﾞﾝﾌﾟﾚｲｽﾀﾜｰ 19F
（株）アルファポリス　書籍感想係

メールフォームでのご意見・ご感想は右のＱＲコードから、
あるいは以下のワードで検索をかけてください。

アルファポリス　書籍の感想　検索

ご感想はこちらから

本書は、「アルファポリス」（https://www.alphapolis.co.jp/）に掲載されていたものを、
加筆・改稿のうえ、書籍化したものです。

余《よ》命《めい》僅《わず》かの悪役令息《あくやくれいそく》に転生《てんせい》したけど、
攻略対象者達《こうりゃくたいしょうしゃたち》が何《なに》やら離《はな》してくれない

上総 啓（かずさ けい）

2024年 1月 20日初版発行

編集－古屋日菜子・森 順子
編集長－倉持真理
発行者－梶本雄介
発行所－株式会社アルファポリス
〒150-6019 東京都渋谷区恵比寿4-20-3 恵比寿ｶﾞｰﾃﾞﾝﾌﾟﾚｲｽﾀﾜｰ19F
TEL 03-6277-1601（営業） 03-6277-1602（編集）
URL https://www.alphapolis.co.jp/
発売元－株式会社星雲社（共同出版社・流通責任出版社）
〒112-0005 東京都文京区水道1-3-30
TEL 03-3868-3275
装丁・本文イラスト－サマミヤアカザ
装丁デザイン－AFTERGLOW
（レーベルフォーマットデザイン―円と球）
印刷－中央精版印刷株式会社

価格はカバーに表示されてあります。
落丁乱丁の場合はアルファポリスまでご連絡ください。
送料は小社負担でお取り替えします。

ISBN978-4-434-33317-0 C0093